U0118902

［日］赤川次郎 著

许倩 译

夜会

青岛出版集团 ｜ 青岛出版社

YAKAI

Copyright © Jirô Akagawa 2020

Simplified Chinese translation rights arranged with TOKUMA SHOTEN PUBLISHING Co.,Ltd. , Tokyo through Lanka Creative Partners Co.,Ltd., and Rightol Media Limited.

山东省版权局著作权合同登记号 图字：15-2023-55 号

图书在版编目（CIP）数据

夜会 / (日) 赤川次郎著；许倩译 . — 青岛：青岛出版社，2023.10

ISBN 978-7-5736-1429-2

Ⅰ . ①夜… Ⅱ . ①赤… ②许… Ⅲ . ①长篇小说 – 日本 – 现代 Ⅳ . ① I313.45

中国国家版本馆 CIP 数据核字（2023）第 150280 号

书 名	YE HUI 夜会	
著 者	〔日〕赤川次郎	
译 者	许 倩	
出版发行	青岛出版社	
社 址	青岛市崂山区海尔路 182 号（266061）	
本社网址	http://www.qdpub.com	
邮购电话	0532-68068091	
策 划	杨成舜	
责任编辑	刘 迅	
封面设计	陈绮清	
照 排	青岛新华出版照排有限公司	
印 刷	青岛双星华信印刷有限公司	
出版日期	2023 年 10 月第 1 版 2023 年 10 月第 1 次印刷	
开 本	32 开（880mm×1230mm）	
印 张	6.5	
字 数	123 千	
印 数	1—8000	
书 号	ISBN 978-7-5736-1429-2	
定 价	42.00 元	

编校印装质量、盗版监督服务电话：4006532017 0532-68068050

本书建议陈列类别：外国文学 推理 畅销

夜　会

目 录

一、荣　耀

那一天，整个日本都无比狂热。

这样说也许有些夸大其词，但是应该不会有人反对，因为事实就是如此。

"世界游泳锦标赛"的收视率每况愈下，这也是情理之中的事。

比赛前，各大报纸和杂志都在大肆宣传那些有实力的选手，认为"这次是他们离金牌最近的一次"，"再差也能拿个奖牌回来"。然而，那些选手却在预赛中接连被淘汰。面对这种凄惨的状况，观众不可能一直看下去。

没有一个日本选手顺利进入半决赛，这并不奇怪，而男子组比赛的成绩更是惨不忍睹。

比赛过半，有的体育报纸已经刊登出了关于"这种比赛的结果应该上升到责任问题"的文章。

女子组的比赛时间比男子组的比赛时间稍晚一些,但其战况与男子组的大致相似,好几个有望拿到奖牌的"实力选手"在预赛中就被淘汰了。不过,女子组的比赛成绩总体来说要好于男子组,这多少平复了一些观众对比赛的负面情绪。

由于时差的关系,当天"女子组百米自由泳"在日本的转播原本应该在半夜,但是让人意外的是,这场比赛的转播时间突然改成了黄金时段——日本时间晚上八点。人们议论纷纷,认为这也许是电视台在幕后操作的结果。其实,这是因为当地出现了一些状况,电视台把其他比赛的转播推迟了。

突然看到电视里出现"女子组百米自由泳"的现场直播画面,不少观众一下子有些不知所措。

泽井聪子的父母和姐姐初子以为电视台半夜才转播比赛,连电视都没打开,直到初子的朋友打来电话告诉他们,电视台开始转播比赛了,他们才打开电视。

"聪子进决赛了啊!"

他们惊讶地叫起来。

对聪子的家人来说,聪子进决赛纯属意外。

不过,还有一个比聪子大两岁的"实力选手"进了决赛。比赛开始前,电视镜头和转播主持人都只顾着采访那位选手,他们似乎忘记了最左侧泳道的那个还在上初中三年级的女孩儿。

"能走到这里已经很不错了!"

父亲松了口气,淡定地看着电视,比赛开始了。

比赛的情况出乎所有人的意料,在五十米折返之后,聪子在前半段速度太快,与游在最前面的外国选手只差一秒。大家都以为到了后半段,聪子肯定会因为疲劳而减速。

可是,到了六十米处、七十米处,聪子依然飞速前进着。过了八十米处,聪子终于游到了最前面。

短短几秒钟之后,解说比赛的主持人和电视机前的观众都沸腾了。

"泽井,第一名! 泽井,第一名! 还有十五米! 十米! 泽井,太棒了! "

主持人十分激动,喊破了音,比赛现场更是欢声雷动。

"还有五米! 泽井聪子,一个十五岁的女孩儿! 这是出乎所有人预料的金牌! "

那位本来最有希望夺冠的西方国家的选手此时也目瞪口呆。

她四下张望,她的表情好像在问:"泽井是谁? "

泽井聪子的父母和姐姐初子也在电视画面前目瞪口呆。

电话铃声响起,他们才如梦初醒,大喊着:"太棒啦! "

整个晚上都是祝贺的电话和手机短信,这使他们无法入眠。

"睡着了吗? "

这是教练的声音。

怎么可能睡得着? 泽井聪子这样想着,但她没有睁眼。

"那正好，来，大家都过来，都来一下！"

教练这家伙要在火车上搞什么鬼？

"聪子呢？"跟聪子在同一个游泳俱乐部训练的后辈黑木希问道。

"不用管她！让她睡吧！"教练小声说道，"咱们到那边去，去那个角落里。"

聪子默默地想：教练要说什么呢？

要是她现在说"我没睡着"，气氛会有些尴尬。于是，聪子还是躺在放倒的椅背上，闭着眼睛。

这些是乘坐同一趟火车回家乡的女子组游泳运动员，她们来自一家知名的游泳俱乐部，在本次"世界游泳锦标赛"中，这家俱乐部又把十名选手送进了比赛。

游泳俱乐部的教练柳田看着聪子长大，看着她从小学生变成了高中生。三年前，在十五岁的聪子夺得金牌的那个晚上，柳田也成了游泳界的大人物。

"好，大家好好听着！"

因为柳田天天在泳池边大声叫喊，所以声音十分响亮。他肯定觉得他们离聪子的座位那么远，她一定听不到。

"教练要背着我跟大家说什么呢？难道他们要给我庆祝生日？"

"大家都知道，这次比赛的成绩并不理想。"柳田说道，"你们已经很努力了，但是其他国家的选手更加努力！我们输了是事实,我们只能接受这个结果。明年我们就要参加奥运会了,接下来,我们要以奥运会为目标,大家一起加油!"

"教练真是太着急了!"聪子苦笑了一下。

就算再喜欢游泳,她们也只是中学生,聪子明年春天才上大学。

一场大赛刚结束,大家还没来得及放松一下,教练就在回程的火车上说下次比赛的事!教练真讨厌啊!聪子还想尽情地大吃大喝,痛痛快快地玩一玩呢!

这次比赛结束后,聪子本来可以去东京玩的,暑假还有半个月才结束呢!

可是听教练的语气,她们可能明天就得开始训练了。

"开什么玩笑!不管怎么说,我一定要去东京玩!我要去迪士尼玩,去逛原宿,去青山的甜品店吃东西……你可拦不住我!"

聪子真想这样回敬柳田教练。

"看了这场比赛,我想大家心里也清楚,"柳田继续说道,"大家的训练量根本不够!聪子也很可怜,因为她最先放弃了训练!"

聪子不禁抬起头。在她开口之前,柳田教练又说:

"聪子已经不行了,三年前的那场比赛就是她的巅峰了。她现在确实是俱乐部里的明星,无人不知、无人不晓,但是她的游泳成绩已经明显下降了!大家听好,从今往后,你们不要被聪子拖后腿!小希,以后你当队长吧!"

"好的……"黑木希紧张地回答道。

"小希，你还在上升阶段。你要提高自己的成绩，还要带领大家一起努力，这很不容易，但是你应该没问题，我会全力支持你的！你只要好好游就行了！"

大家沉默了一会儿，女孩儿们有些不知所措。

"我们要怎么跟聪子说呢？"

"什么也别说，你们就像以前一样跟她相处就行。聪子那边，我来想办法！"柳田做了一个深呼吸，"好了，大家回到自己的座位上去吧。火车还有十五分钟就到站了。"

女孩儿们向各自的座位走去。

聪子还是紧闭双眼，继续装睡，但她握紧的拳头在颤抖，她担心自己的动作被队友发现。

"小希！"柳田教练叫住了黑木希，"车站上会有很多人来迎接我们。按成绩排名的话，你应该站在最前面。不过，这次你让一让聪子，让她先下车，好吗？"

"好的。"

"你有几根头发翘起来了，整理一下。"

"哎呀！"黑木希笑了起来。

聪子终于找到了可以醒过来的机会。

"聪子，你睡得可真香啊！"黑木希说道。

"嗯，我在回来的飞机上没睡好。"聪子故意打了个哈欠，"快到站了吧？"

"据说还有十五分钟。"

"我去洗洗脸。"

聪子扶着座椅靠背在火车的过道上走着。

柳田教练摊开了一张体育报。聪子从他身边经过时,柳田教练问她:

"睡得好吗?"

"嗯,很好。"

聪子避开了他的视线。

走到洗脸台旁边,聪子脱口而出:

"开什么玩笑!"

她的脸一下子燥热起来,全身颤抖,她觉得自己简直快要爆炸了!

无处发泄的愤怒在忍无可忍的聪子体内膨胀,愤怒的血液在她的血管沸腾奔涌。

"他说三年前是我的巅峰,可能确实如此!这次比赛,我好不容易进了半决赛却被淘汰,他说我不争气,这我也认了!他说我训练不够,我也不反驳什么!可是,他凭什么说我拖其他人的后腿?"

"他想让大家加强训练,就拿我当偷懒的典型!他自己呢?他作为教练,不好好监督大家训练,到处去接受电视台和杂志的采访,有好多次还拉着我一起去!"

"我明白了!教练是不想承担成绩不好的责任!他想把所

有责任都推到我身上,还想拉拢现在正处于上升期的黑木希!"

在看穿了一个成年人的如意算盘后,聪子为自己的十八岁感到悲伤。

从十五岁那年荣获冠军开始,聪子觉得,这三年里,自己的心智好像成长了十岁,不,是二十岁!

想利用聪子的大人们接踵而至。有人说她长得可爱,问她要不要当影视明星。也有人说可以帮她录制音乐专辑,让她以歌手的身份出道。那些人还一本正经地带着方案来和她谈。

面对这些干扰,聪子都能冷静对待,可以说,她完全没把这些事放在眼里。不过,有些电视节目的录制邀请和媒体的采访她实在推不掉,聪子的休息日基本上都被占用了,而要求她配合媒体做这些事的,正是柳田教练!

可是现在,他竟然说出那些话,实在是太过分了!

聪子瞪着自己在镜子中的脸。

"咣当……"

火车摇晃了一下,速度慢了下来。

"这么快就到站了吗?"

聪子觉得时间过得很快,她往车门外看去。

"哦,还有一站啊……"

这是一个很小的无人车站,平时只在早晨和晚上有中学生在这里上下车,现在是暑假,车站上连一个中学生的影子也没有。

火车停下了，车门顺畅地打开。

聪子的正对面是空无一人的检票口，那个空荡荡的空间仿佛是另一个世界的入口。

聪子突然跳下火车。

她径直穿过检票口，走了出去。

她躲在一块破旧的广告牌后面，不让火车里的人看到自己。

短促的鸣笛声响起，火车门关闭，火车又开动了。

聪子慢慢站起来，目送着火车走远，直到完全看不见。

聪子松了口气，环顾四周。

"我竟然跳下来了！"

她不禁笑起来。

火车就要到达下一站了。那个站台上会有市长、教育局局长，还有一些不知道什么头衔的人，他们将站成一排，迎接这些还在上中学的女孩儿们。

然而，那个"无人不知、无人不晓的明星"却不在那里。

那个"三年前的那场比赛就是她的巅峰了"的泽井聪子不见了。

柳田教练会怎样跟市长和校长他们交代呢？

聪子想到这里，忍不住笑出了声。

二、失　踪

"是我没沟通好,让你们担心了,不好意思啊!"柳田教练连连道歉。

"那我走了。"他鞠了个躬便离开了。

"慢走……"

泽井伸代在玄关里站了一会儿,目送柳田离去,然后笑着说:

"哎呀,柳田真是喝醉了呢!他很少喝成这样!"

"喂,关门!"泽井和男很不高兴,"他简直是把别人当傻瓜!"

"哎呀,你生气也没用啊!"伸代在玄关处说道,"聪子不是没赶上火车吗? 这也是没办法的事嘛!"

"聪子可是那个游泳俱乐部的脸面,就连市长也是为了和聪子合影才去接站的! 一句'没赶上火车'就想敷衍我们,这可说不过去!"

"可他说联系了……"

"谁知道他说的是不是真的呢?他要是联系了聪子的话,总会有一两个人听到吧?电视台和报社的记者们都以为会看到聪子笑盈盈地下车,才在车站上一直等着,可是……"

"爸,"初子打断了泽井和男的话,"跟我妈发牢骚也没用啊!"

"我不是发牢骚!"

"就是在发牢骚!"

"好吧!"

泽井和男不高兴地转身而去,上了二楼。

"看他这气势汹汹的架势,楼梯都要被他踩坏啦!"初子说道。

"你爸就是这样,一旦事情和他想象的不一样,就开始闹情绪!"伸代并没把眼前的事放在心上。

"初子,帮我放一下洗澡水吧!"伸代说道。

可是初子仍然一动不动,好像在想什么事。

"初子!初子!"

"什么?"初子突然回过神儿来,"啊,放洗澡水是吧?好的,我马上去!"

"你刚才在想什么事呢?"

"妈,聪子要是真的没赶上火车,至少会给家里打个电话吧？"

"唉,连你也怀疑……你的意思是柳田教练在说谎?"伸代叹了口气,"聪子本来就想比赛结束后去东京玩的,反正也没赶上火车,干脆就让她在东京玩一玩吧!就算她故意错过火车,这也是很正常的啊!"

"嗯……"

"好热啊!要不然我只用淋浴冲个凉吧!"

"我还是去给你放洗澡水吧!"

初子走进浴室,塞好浴缸的塞子,开始放洗澡水。

"哗哗"的水声在浴室里回响,这声音让初子能够静下心来思考,不被其他事情打扰。

初子总觉得有点儿奇怪,当然,这只是她的直觉。

初子今年二十岁,在市里一所女子短期大学读书。虽然现在是暑假,但她明年春天就要毕业了,毕业以后就不能随心所欲地玩了。

让初子觉得奇怪的是,无论聪子如何任性贪玩,从国外回到日本,她也应该先回家一趟啊!而且,她一个人在东京也太……

对此,母亲却丝毫不觉得奇怪。还有父亲,他哪是担心初子啊!他是因为自己没能在今天的"回国欢迎会"上挣足面子而生气!

"好奇怪啊!"初子自言自语道。

母亲非常信任柳田教练,但初子却不像母亲那样信任他。

初子以前也在那个游泳俱乐部里游泳,加入俱乐部的时间比聪子还要早,她也曾经被柳田教练视为非常有前途的运动员。

而聪子开始练习游泳之后,她的游泳天分很快便显露出来,于是,柳田教练把初子交给助手,自己则专门负责聪子的训练。

从那时起,初子便对游泳失去了兴趣,她离开了游泳俱乐部,而柳田教练对她没有丝毫挽留。

初子有好几年是和柳田教练一起度过的,在那几年里,她和柳田在一起的时间比和父母在一起的时间还要长,柳田心里在想什么,她大概是能猜到的。

而今天的柳田,肯定是在掩饰什么。

他在掩饰什么呢? 当然是聪子的事了! 聪子没和大家一起回来,肯定是有原因的,但是其原因是什么,初子就不知道了。

初子突然想到了什么,她急忙回到客厅,看到母亲在厨房后,她拿起了电话。

"喂?"

电话里传来的声音听起来很实诚。

"是小希吧? 我是初子,泽井初子。"

"啊,你好!"

初子在很早之前就认识黑木希了。

"祝贺你啊! 你的成绩越来越好啦!"

"啊……没有……"黑木希说话吞吞吐吐的。

"小希,我有一件事想问问你,是关于聪子的。柳田教练说聪子没赶上火车,真实情况是这样的吗？ 这到底是怎么回事呀？"

黑木希沉默了。

"小希,我最了解聪子了。我也知道,柳田的话不可信。你知道这是怎么回事,对吗？"

"我……我不知道,我……"

"你不知道？ 你们不是坐同一趟火车回来的吗？ 你怎么会不知道呢？"初子试探道。

聪子没赶上火车——这只是柳田的一面之词。

"我……我不知道……我们的座位离得很远……"

果然,聪子就是和她们乘坐同一趟火车回来的!

"不好意思,我有件急事……"黑木希说完,便挂断了电话。

初子百思不得其解,聪子到底发生了什么事呢？

有一件事是可以肯定的,那就是柳田肯定在撒谎!

"喂？"

"哦,是小希啊!"

柳田的舌头还是有点儿不听使唤。

"那个……"

"今天辛苦了! 你累了吧？ 早点儿睡吧!"

"嗯……那个……"

"是要说明天的事吗？"柳田笑着说道,"我明天可能起不来,明天就不训练啦!"

"教练……刚才,初子给我打电话了……"

"说什么了?"柳田的声音突然紧张起来,"初子说什么了?"

"是……是聪子的事,她问我真实情况是怎样的。"

"你是怎么回答的?"

"我只是说……我不知道。"

"那就好,我已经解释过了。"

"但是,我觉得聪子当时应该是听到你说的话了。"

"你是说她没睡着?"

"有可能……而且,她可能是提前一站下车了。"

"小希!"柳田严厉地说道,"我在火车里说的话你可要记好了,明年是属于你的!"

"教练……"

"其他的什么都不用管,全都交给我处理,好吗?"

"好……"

"小希,你要相信我! 如果有人问你和聪子有关的事,你什么都不要说!"柳田反复叮嘱道,"另外,万一你接到了聪子的电话,你要问她在哪里,知道了吗?"

"嗯……"黑木希只能如此回答。

"小希,你很善良,常常为别人着想,这是你的优点,这我知道。但是,在比赛的世界里,一味地为别人着想是行不通的,你明白吗?"

"嗯。"

"一个运动员，不管多么善良，性格多么好，只要输了比赛，就没人理他了！总之，赢就是一切！"柳田缓和了一下语气说道，"你不要在意别人，聪子的事交给我处理吧！"

"好的，可是……"

"我们就说是她自己想留在东京的，这样对她本人也没什么损失。我也是考虑了很多才决定这么解释的。"

"我知道了，可是，她会不会恨我们？"

"不会的。就算她听到了我当时说的话，她恨的也是我，不是你，对吧？"

"嗯……"

"就算她恨我也没关系，教练本来就是这样的差事，被怨恨也是工作的一部分！"

"嗯，"黑木希的心情似乎轻松了一些，"我知道啦！对不起！"

"没事，你把情况都告诉我了，这很好！以后你再有什么想不通的事，就跟我说啊！"

"好的，"黑木希干脆地回答，"教练晚安。"

"啊，晚安。今天累了吧？好好睡吧。这种宴会挺累人的，不过，就那样笑一笑拍个照，他们就能给咱们拨钱！"

"嗯。"

"那明天晚上我再联系你吧。"

"好的，晚安。"

黑木希说完，挂断了电话。

柳田彻底醒酒了。

看来，初子已经有所察觉了。这也是柳田意料之中的事，她是个很聪明的女孩儿。

"你的心情看起来挺不错啊！"柳田的妻子绫子拿着浴巾来到客厅，"你先去泡澡吧！"

"我醒一会儿酒再去，你先去吧。"

"那我先去了。"

绫子揉搓着乱蓬蓬的头发，向浴室走去。从背影可以看出，她打了一个大大的哈欠。

绫子和柳田纪一今年都是四十七岁。

他们刚结婚时，两个人都是体育老师，绫子因没有及时发现自己怀孕，还在继续工作，所以流产了。从那以后，她的身体状况变得很差，不久，她便辞去了工作。

后来，她就闲在家里，无所事事。柳田去游泳俱乐部工作，也是因为依靠体育老师的工资无法维持两个人的生活。

当然，柳田觉得去游泳俱乐部工作是正确的选择，他就是在那里遇到了聪子，才以教练的身份在世界泳坛上一跃成名的。

现在，他每次到东京，都会频繁出入那些高级餐厅和酒吧，这在他当老师的时候，是想都不敢想的。当然，这些饭局和酒局的费用，都是由电视台和赞助商支付的。

然而，人间万事塞翁马，是福是祸难预料。

柳田听到浴室里传来了水声，便拿起电话。

"喂？"一个女人在电话里轻声说道，"现在方便吗？"

"等一下。"

女人等了一会儿。

"现在可以说了，我在厨房。"

电话里声音的回响和刚才不一样了。

"手机这东西真是方便啊！"柳田说道，"明天我没有安排训练，咱们下午能见面吗？"

"可是……"

"你没有别的安排吧？"

"没有是没有……"

"那就老地方见。两点，好吗？"

"好吧。"女人叹了口气，"那先这样……"

"我开车去。挂了啊。"

柳田迅速打完电话，这样才安全。

他在客厅的沙发上躺下，伸了个懒腰。

绫子已经发福，身材走了样，柳田对她完全提不起兴趣，连抱都不想抱。不过，他自己也发福了，胖得根本没资格嫌弃自己的老婆。

聪子那丫头到底跑到哪里去了？

柳田一想到这件事，就气得要命。为了这件事，他道了多少次歉！这都是聪子害的！

如果她是在他们目的地的前一站下车的,那么她应该明天就能回来吧? 毕竟她连提包都没拿呢!

柳田害怕谎言败露,便把聪子的提包也拿了回来。

那丫头……我得狠狠地处罚她! 不给她一点儿颜色看看,她就不知道自己是谁了! 她忘了自己是因为谁才出名的!

让柳田没有想到的是,聪子也是这么想的。

三、搭　救

当听到求救声时，聪子正望着河面发呆。

夜晚的河水神秘莫测，只能听见黑暗的水面发出的"哗哗"水声。作为一条小镇里的河，这条河的水流算是挺急的。

聪子饿了，便买了汉堡，坐在河边的长椅上吃起来。她从火车上下来时什么也没想，幸好她把零钱包揣在口袋里，里面有几千日元。于是，她搭乘公交车来到这座小镇，在这里买了汉堡和咖啡。

零钱包里还剩多少钱呢？不管还剩下多少钱，住旅馆肯定是不够的。现在是夏天，就在这个长椅上躺一晚也行，不过，她要做好被蚊子疯狂叮咬的心理准备。

今天的"运动员回国欢迎会"、柳田教练说的那些话，这些乱七八糟的事，聪子想都没想，就这样一个人自由自在地到处走走，也许会让家人担心，但在自由面前，这些都没什么大不了的。

而且，不管柳田是怎么跟父亲解释的，父亲都会生气，但绝不会担心聪子。母亲虽然心肠不坏，但是很容易忘乎所以。

也许只有姐姐初子会担心她吧。

而柳田呢？就算聪子受伤了，或者求他让她在高强度的训练之后放松一下，他也肯定不会理解的，而且他也不会为她去争取什么，他只会骂聪子"太丢脸了"。

相处了这么久，聪子都能猜出柳田会说什么。

但是，接下来她要去哪里呢？

她能从这里到东京去吗？她身上的钱，买火车票肯定是不够的，但是只要她有机会上车，说不定也能蒙混过关。

聪子"唰"的一下握紧汉堡的包装纸，把它扔向旁边的垃圾箱。

聪子精准地将包装纸投进了垃圾箱，她很开心。然而，她竟然因为这么无聊的事情而感到开心，她自己也觉得很奇怪。

聪子不禁笑了起来。

就在这时，聪子听到一个女人的呼喊声：

"有人吗？救命！有人吗？"

聪子吓了一跳，往声音传来的方向看去。

不远处有一座桥，在路灯的灯光下，聪子能看到一个女人双手紧紧抓住栏杆，大声呼喊。

"正敏！正敏！"女人向着河面呼喊。

聪子往河面看去，发现黑色的河面上有一个白色的东西，那是……人！那好像是个孩子！

他伸出手，像是要努力地划水。可是水流太急，那孩子眼看就要被水冲走，马上就要沉入水中了。

"正敏！"

女人想要越过栏杆。

危险！那样的话，他们两个人都会溺水而死！

"别下来！"聪子喊道。

女人本想跳入水中，听到聪子的喊声，她吃了一惊，停住了。

聪子迅速地脱下鞋，拽下身上的薄款运动服，向河水奔去。她没有时间考虑、犹豫，也许这样反而更好。

聪子跳进河里，发现河水竟然很干净，没有异味，只是水流太急了，而且水面上很黑，那孩子一旦沉入水中，她就找不到了。

反正已经跳到水里了，她说什么也要把他救出来！

聪子拼命游起来，因为是顺流游泳，聪子的速度快得连她自己都感到惊讶。她越来越接近那个被河水冲走的孩子了。

聪子以前学过怎样在水里救人。

孩子的头在水中忽隐忽现。

聪子吸了一大口气，潜入水中。

浮上来的时候，她从下面支撑着孩子的身体，把他的头托出了水面。

孩子既不挣扎，也没有抓住聪子，他已经精疲力竭了。

他的年纪比聪子想象中大一些，不过，聪子的腿是经过训练的,她用力蹬水,一只胳膊抓住孩子,另一只使劲儿划水。

逆着水流游泳很吃力,但聪子总算游到了岸边。

河岸边有一个打了钢筋的地方,聪子拼命地游到了那里。

聪子抓住了打进河底的钢筋,她把孩子的脸朝上托着,避免他呛水。

"正敏!"

一阵跑步声传来,聪子的头上响起那个女人的声音。

"在这里!"聪子喊道,"快找人来帮忙!"

"啊……啊,谢谢!请等一下啊!马上,我马上去找!"

女人慌忙跑了出去。

聪子单手抓住架在钢筋旁边的板子,大口喘着气。聪子觉得自己好久没有这么拼命地游过泳了。

这才是真正的"拼命"!

柳田一直说"要拼命游",但对游泳的人来说,整个一年都"拼命"游是不可能的。如果勉强那样做的话,会出问题的。

聪子依然泡在水中,但是现在的情况令她感到欣慰。

她仔细地看了看自己救下的男孩儿,觉得他长得十分可爱。

终于,河岸上传来了人声,聪子和男孩儿被人们从河水中拉了上来。然而,这已经是十五分钟后的事了。

"叮零零……"

电话铃声响起,聪子醒了过来。

她吓了一跳，以为自己还在"世界游泳锦标赛"的旅程中呢。然而，她现在所休息的房间，怎么看都像是一间酒店的客房。

可是……啊，昨晚她好像是救了一个溺水的人！那是现实还是梦呢？

啊，她想起来了，她确实是救了一个人！

酒店房间里的沙发上，叠着几件新衣服。

那是男孩儿的母亲给聪子买的，她看到聪子的衣服湿透了，便买了那些衣服，说"这是一点儿心意"。

聪子接起了电话。

"您好，这里是前台。"电话里传来一个女人的声音，"十二点退房，请您做好准备。"

"好的……现在几点？"

"十一点五十分。"

"啊，我马上起床！"

"您慢慢来。"

哎呀，她竟然睡得这么熟！可能是因为她刚从国外回来，时差还没有倒过来吧。

聪子打着哈欠起床，拉开窗帘，房间里瞬间洒满阳光。

电话又响了，聪子接起电话。

"啊，这里是前台。"还是刚才那个女人，她的声音听起来很慌张，"非常抱歉！您……您可以随意使用房间，待到几点都可以。"

"啊?"聪子很诧异,"可是,退房的时间是……"

"您不用着急,慢慢来就可以,有客人特别嘱咐过我们。"

聪子想:这大概是那个男孩儿的母亲安排的吧。

"那我再过一小时左右退房吧。"聪子说道。

现在聪子可以悠闲地收拾了,她决定泡个澡。虽然她昨天晚上也泡过澡,但这是一个非常豪华的浴室,聪子觉得只在这里泡一次澡太浪费了。

话说回来,昨天晚上那个男孩儿的母亲是一个什么样的女人呢?

安永……哦,对了,她的名字好像叫安永辉子。

而聪子救下的男孩儿叫安永正敏,今年十二岁。他面色苍白,身体孱弱,这不只是因为他差点儿被淹死。

被人们拉上岸以后,男孩儿立即被送往医院。他们也让聪子一起去,但她拒绝了,她想直接走掉。

不过,现在虽然是夏天,但是全身湿透的夜晚可是很难熬的。

于是,安永辉子带着聪子来到这家酒店,又给她送来了新买的衣服。

聪子当时想,我救了她儿子的命,她想做这些事,就让她做吧。

然后,聪子便在宽敞的大床上睡着了。

"啊!"

聪子在浴缸里打盹儿，差点儿溺水！这可真是丢人啊！

游泳运动员在浴缸里溺水而亡，这玩笑可开不得！

聪子从浴缸里出来，披上浴衣，回到床边，她看到门下塞进来了一样东西。

她拿起来一看，那是一个有一定厚度的信封。

她打开信封，发现里面有几张车票，今天傍晚，她可以用这些车票从这里乘坐火车出发，再换乘新干线到东京。

"太好了！"聪子不禁叫起来。

信封里似乎还有什么，她倒出来一看，几张万元大钞飘落到床上，里面还有一张小小的便笺。

便笺上那行云流水的字，想必是安永辉子写的吧。

　　昨晚真是太感谢你了！多亏有你的帮助，正敏现在已经顺利出院了。今天，我们乘坐中午的火车回东京。我昨晚听你说，你也想去东京，我就给你准备了车票，希望能派上用场。你到了东京，请一定要来我家做客！

安永辉子

信封里除了三张一万日元的纸币，还有一张纸，纸上画着去安永辉子家的路线图。

聪子一动不动地在床上坐了一会儿。

有了这些，她就能去东京了，如果能住在安永辉子的家里，她就连住宿费都省了。可是,如果她这样做,就显得她的脸皮太厚了。

去东京这件事情,本来就在她的计划之中,可是,不跟家里说一声就去东京,这样做真的好吗?

当去东京快成为现实的时候,聪子才想起来,自己的家人和俱乐部里的人,此刻也许正在担心她。

聪子明年就要高考了,如果她报体育系,那些大学肯定会争着录取她,但是她一想到这些,就打不起精神来。

聪子胡思乱想了一会儿,终于决定给家里打个电话。

她犹豫了好一会儿,终于拨通了家里的电话号码。

"喂,这里是泽井家。"

"姐……"

"聪子?你没事吧?"初子打趣道,"你干得漂亮啊!教练肯定被你气得冒烟了!"

"嗯,我知道。"

"我明白你的心情,不过,你还是先回来一趟吧!你现在在哪里呢?"

"我……"

聪子刚要说话,就听见姐姐在电话那头说:

"妈!"

"你把电话给我!喂!"

母亲伸代的声音像是被谁扎了一下似的。

"聪子？喂？"

"嗯。"

"你在干什么啊！你知道你给大家添了多少麻烦吗？"

母亲那歇斯底里的声音驱散了聪子心里的内疚感。

"偶尔任性一下也没什么大不了的吧！"

"你说什么？你让柳田教练多么难堪,你知道吗？你快点儿回来,跪下跟人家道歉！"

聪子知道,母亲一点儿也不理解自己。不,她是根本没想理解她。

"喂？你在听吗？"

"在听,我要去东京了啊！"

"你说什么？"

"我先挂了！"

"聪子！"

聪子不管三七二十一,挂断了电话。

不管她！就让她一个人发火去吧！

聪子心烦意乱,直挺挺地躺在床上。

暑假还剩下半个月,如果她现在就回去的话,肯定马上就要开始训练了。

"我不要！我不要！"

聪子很喜欢游泳。正是因为喜欢,她才不想在心烦的时候勉强去游泳。

要是她跟柳田说这些，他肯定会气得火冒三丈。

电话响了，聪子吓了一跳。

她还以为母亲知道了她在这里，所以给她打过来了呢。

聪子接起电话，对方却一言不发。

"喂？您是哪位？"聪子问道。

难道是骚扰电话？

聪子刚要挂断，电话里突然传出一个女人的声音。

"你为什么要救他？"

"啊？"

"你救了那个孩子……你一定会后悔的！"

"喂？你是谁？"

对方"砰"的一声挂断了电话。

"你为什么要救他？"

刚才电话里的那个人是这样问的。她这是什么意思？

而且，那还是一个阴沉的女人的声音。

"救了那个孩子……你一定会后悔的！"

说起来，那个孩子是怎么掉进河里的呢？

聪子现在才想到这个问题。

他是不小心掉进去的吗？

不太可能，毕竟那座桥有很高的栏杆，栏杆的高度达到一般成年人的胸部了，那个叫正敏的孩子连头都不一定能伸出去呢！

可是,那个孩子还是掉进了河里,而且,他的母亲还在旁边……

这是为什么呢?

聪子有些想不明白。

四、硬　币

“叮……”

一枚十日元硬币旋转着飞起，佐山清美一下子把它扣在手背上。

“你猜是哪一面？”

“正面！”

“是反面！啊，你输啦！”

间宫四叶噘起嘴：

“清美，你太狡猾了！”

“我哪有啊！这是你自己说的，我们用抛硬币的方式来做决定！”

“可是，抛硬币已经连着三次都是我输了！”

“好啦，那抛硬币的方法就用到今晚。下一次我去，再下一次你去，咱俩轮着去。这样可以吗？”

"嗯，"间宫四叶马上高兴起来，"那咱们走吧！"

说完，她便迈开了脚步。

佐山清美惊讶地看着她说：

"这都是为了零花钱啊！唉！"

"你说什么？"间宫四叶回头问道。

"没什么。"清美耸耸肩膀说道，"今晚我得早点儿回家，你快点儿搞定啊！"

"我也希望能快点儿搞定，可这取决于对方啊！"

"这取决于你的本事！四叶，是你太笨啦！"

"在搞定男人这一方面，我可没你那么厉害！"

进行这段对话的是佐山清美和间宫四叶，她们是同一所高中的学生，今年都是十八岁。

对她们来说，聊这些事情可能并不稀奇，而这两个女孩儿的对话，有着更加现实的目的。

两个人来到了一个能看见站前广场的地方。

"你没问题吧？"

四叶观察了一下广场上的情况。

"目前没有像老师的人。"

"是吗？你的直觉准吗？"

"有不准的时候吗？"

"没有。"四叶笑了一下，"那我去啦！"

"嗯，我会在旁边看着的！"

"带照相机了吗？"

"我都说你不用担心啦！"清美从包里取出一个小型照相机，"一定要在亮的地方站一会儿啊！胶卷的感光度再好，在黑乎乎的地方也是拍不清楚的！"

"好的，那我先过去了！"

四叶说罢，转身就要走。

"四叶，校徽！"

"哦，对！"

四叶把衬衫领子上的校徽摘了下来，放进手提包里。

清美看着四叶走向广场。

暑假刚刚开始，晚上的天气很闷热。广场上到处都是腻在一起的情侣，让人一看就觉得热得难受。

清美看到四叶在喷泉旁边的一排长椅上找到空位坐了下来。

今天是周五，到周末了，她们肯定能钓到冤大头。

清美看了一眼手表，此时刚好九点半。

她跟家里说，今天晚上她要参加学校的社团活动。参加社团活动的时候，她经常晚上十一点多才回家，所以家里人应该不会怀疑。

清美很了解父母，她只要每天乖乖地回家、成绩不太差，他们就不会太担心她。

"来了，来了……"

清美看到一个看起来醉醺醺的上班族模样的男人在跟四叶搭话，便从包里取出了相机。

四叶的笑声很尖，在远处站着的清美也能清楚地听到。她能搞定那个男人吗？

男人摆摆手，摇摇晃晃地走开了。

什么啊！原来是个"只是看看"的人！清美很失望。

不过，下一个"目标"很快就来了。又过了大概十分钟，一个男人走过去跟四叶搭话。

那个男人背对着清美，清美看不到他的脸，但从那个男人的背影来看，他像是个四十多岁的人。他弓着背，似乎有些疲惫。

"这次一定要顺利啊！"

就在清美自言自语的时候，四叶站了起来，挽住了男人的胳膊。

太好了！在现在这种情况下，四叶自己应该也很有信心了吧！肯定没问题的！

四叶和那个男人走出了广场，向离车站不远的旅馆一条街走去。

清美也开始行动了。她小跑着穿过近道，在旅馆和旅馆之间连路都算不上的缝隙里穿行。

现在她肯定跑到四叶他们前面了！嗯，没问题！

清美躲在旅馆门口的立式广告牌后面等着，不一会儿，便看见四叶他们从缓缓的坡道上走过来。这条路的光线很暗，她看不清男人的脸。不过,四叶和他聊得很愉快,他应该不是什么奇怪的人吧。

清美拿出相机,把镜头拉近。虽然这只是个小型全自动相机,不是什么高级设备,但现在这种相机也有很多功能了。

他们在一家旅馆门前停下了脚步。清美盯着相机的取景器,手指按在快门上。

两个人要走进旅馆了!

就是现在! 停下!

四叶突然表现出了退缩的样子,要回到路上,男人有些不知所措地回过头去看她。

旅馆门口的灯光照亮了男人的脸。

清美按下快门,她提前关闭了闪光灯。她按了两次快门,这下子应该可以了吧!

四叶扭捏了一会儿,又走进了旅馆。

四叶看起来真的很开心。那个男人的脸看起来比他的背影年轻,而且,虽然清美只是从取景器里看了一眼,但她能看出来,他是个很帅的男人。四叶本来就喜欢"大叔",这个男人应该正对她的口味。

可是,千万不要悠闲地享受美好时光啊,要快点儿出来啊,四叶!

清美离开了旅馆一条街,来到了站前广场。接下来,就等着四叶骗那个男人,让他洗澡,然后趁机从男人的口袋里偷出名片后逃走。

这又不是偷钱，并不算犯罪。

如果照片拍得清楚，她们几乎不会失败。她们只要往名片上的公司打电话，让对方"买照片"就可以了。

清美觉得，这只不过是一种买卖，并不是胁迫。她们拍的照片价格也不会太高，最多就是十万日元左右。

收到钱后，她们就会把照片和底片给对方，绝不会再次要钱。

清美和四叶一直坚守着这个原则，她们做的是"良心买卖"。

她们在一所有名的私立女子高中上学，并不缺零花钱。

她们只是希望有些时候手头再宽裕一些，比如，和朋友吃完饭出去玩的时候，需要买什么礼物的时候，只靠手头的零花钱，她们没法儿玩得尽兴。

清美和四叶既不吸烟，也没有其他不良嗜好。清美还是班里的班花，老师们也很喜欢她。

不做危险的事——她们坚守着这个原则。每个月只要干上这么一两次，这些"临时收入"就足够用了。

"四叶怎么还不出来啊？"

只要把男人顺利推进浴室，他就是她们的囊中之物了。

在男女交往这方面，四叶的脑袋转得不如清美快。那个男人是不是很难对付呢？

清美开始漫不经心地到处张望，她完全没有注意到附近的情况，直到那两个人走到离她两三米远的地方。

"啊……"清美不禁叫出声来，连转移视线的时间都没有。

那两个人也突然停下脚步。

"清美……"清美的父亲也不禁叫出声来。

一个年轻的女人挽着父亲的胳膊，尽管酷暑难耐，但她还是紧紧地贴着父亲。清美对她有些印象，她是父亲的女下属。

面对这种突发情况，她似乎还没反应过来是怎么回事。

"爸……"

听到清美说话后，那个女人吃了一惊，连忙松开了父亲的胳膊。

"她是你的女儿？"

"嗯。"

父亲的脸上露出了难以形容的表情。

第一个恢复平静的人是清美。

"晚上好，我叫佐山清美。"清美向那个女人打了个招呼。

"啊，我……我叫谷田结香。你父亲常常关照我……"女人慌乱地点头致意，"那我先走了。"

"嗯，辛苦了。"父亲佐山俊二有些刻意地说道，"明天我跑完客户再去公司。"

"好的。我先走了。"

谷田结香快步走开了。

"你在这里干什么？"

清美可不会像父亲那样，脸上露出"完了"的表情，从而把事情搞砸。

"我和四叶约好了在这里见面，我已经等她半小时了，她还没来，我正在想要不要回去呢。"清美对答如流，"一起回去吧？"

"好啊……"

父亲的笑容很僵硬。

清美按了一下公寓的对讲机。

"来了！"

屋里很快就传来母亲安佑子的声音。

"我们回来啦。我在一个地方遇到我爸了。"

这座公寓的对讲机带摄像头，所以母亲能通过屋里的对讲电话屏幕看到父亲也在门外。

"是吗？真巧啊！"

安全门打开了，父女二人走进电梯。

"清美……"

"我什么也不会说的。"清美说道，"我不许您让我妈伤心！"

"啊，我们不是那种关系，真的！"

父亲的辩解苍白无力，他们明明都已经如胶似漆了。而且，他们两个人来的方向，正是旅馆一条街的方向。

在这个闷热的夜晚，他们两个人怎么可能只是在那里散步？

不过,清美没有嘲讽父亲。比起出轨的父亲,她现在更担心四叶。

她和父亲一起回家了,四叶那边怎么样了呢?

他们走进了 503 室,屋里空调吹出来的冷气让他们觉得很舒服。

"你们回来了?"母亲安佑子走了过来,"你们是在哪里遇到的?"

"嗯,在车站附近。爸,是吧?"

"嗯,是的,真巧啊!"

在车站附近,这并不是说谎,只不过,不是他们平时下车的那个车站而已。

"妈,四叶没打电话给我吗?"

"你是说间宫四叶吗?没有啊!"

"哦……没事儿。"

清美回到自己的房间里,从包里取出手机,将其放在桌上充电。

四叶现在没事吧?她回到站前没看到自己的话,可能会着急的!

四叶没有手机,清美无法给她打电话。四叶的父母认为"没有必要"给她买手机,四叶最近正在琢磨怎样偷偷地买一个呢。

清美正在换衣服,父亲开门进来了。

"爸,我在换衣服呢!"

"哎呀,有什么关系,你还是个小孩子呢!"父亲板着脸,退到门外说道,"清美,我和谷田确实是……那种关系。不过,我们只是逢场作戏,你要明白,她也不是小孩子了,我们都没当真。"

清美差点儿笑出来,不过她忍住了。

父亲过来解释,不是怕母亲知道,而是他觉得清美看到他出轨,肯定受了很大的刺激,担心清美受不了。

他要是这么想的话,那就让他想吧!

"现在我的心里很乱,"清美背对着父亲说道,"让我一个人静静吧!"

"嗯……也是! 对不起! 唉,这不是她的错,错的是我……对不起!"

"别说了!"清美说道。

父亲关上门后,清美偷偷笑起来。

这时她的手机响了,清美赶紧去接电话。

"喂,清美?"

"四叶,你没事吧? 不好意思啊!"

"啊……没什么事。你已经回家了,是吧?"

"是啊,我在等你的时候,竟然遇到了我爸……"

清美解释了一下情况,可不知为什么,四叶似乎有些心不在焉。

"不好意思啊,我稍后再打给你!"

四叶突然挂断了电话。

"四叶这是怎么了?"

清美愣住了,四叶一般不会有这种反常的举动。

这样突然挂断电话太反常了,完全不像平时的四叶做出的事情,而这种反常的背后肯定是有原因的……

她和今晚的那个男人之间,肯定发生了什么。

清美从包里拿出拍那个男人和四叶的相机,把胶卷卷了回去,然后,她打开后盖,取出里面的胶卷。

接下来,她要做的就是把照片洗出来,再就是向四叶要她拿到的名片……

"四叶拿到名片了吗?"清美不禁自言自语道。

五、变　身

"清美！清美！"

清美觉得自己正被人摇晃着,她一惊,从床上爬起来,发现母亲安佑子正紧张地看着自己。

"怎么了？"

现在似乎还是半夜。

"间宫的妈妈来电话了。"

"四叶的妈妈？"

"她说四叶还没回家！"

母亲的一句话,让清美立刻清醒了。

清美急忙下床,向客厅的电话跑去。她看了一眼时钟,现在是凌晨两点多。

"喂,我是清美。"

"我是四叶的妈妈。"四叶的母亲的声音在颤抖,"不好意思,这么晚了……"

"四叶还没回家吗？"

"今晚你们见面了吗？"

"嗯，不过，九点半左右就分开了……我以为她直接回家了呢……"

"我们等到了半夜，连个电话也没有……你有什么线索吗？"

四叶的母亲寄希望于清美，这让清美觉得胸口像被刀扎了一样疼。可是，她可不能把她们的事和盘托出。

"我……没有……"清美只能这样回答。

"是吗？不好意思，打扰你们了！"

"没事……如果有什么消息，我会及时联系您的！"

"谢谢！"

清美轻轻地挂断了电话。

"她到底是怎么了？"清美看着母亲说道。

"真让人担心啊！"安佑子也只能说这些了。

清美回到自己的房间，坐在床上发了一会儿呆。

四叶给清美的手机打电话时，她似乎是在外面。可是，为什么……

她肯定是出事了！

清美不愿意承认，那个"副业"是自己带着四叶干的。万一四叶有什么三长两短，她肯定会内疚的！

可是，清美也不知道该去哪里找她……

但是,这样想多久也无济于事,就在清美准备躺下睡觉的时候,桌上的手机响了,清美立刻扑过去接起了电话。

"喂? 四叶吗? 喂?"

电话里传来抽泣声,然后是断断续续的说话声。

"清美……好可怕……"

"四叶,你在哪里? 你现在在哪里? 我马上过去找你啊! 我马上赶过去!"

"你别来!"四叶喊了一声,"就算是你,也不能看……"

"你说什么啊? 咱们不是好朋友吗? 就算你被魔法变成了青蛙,我也不会在意的! 你在哪里? 告诉我!"

可能是清美这一段连珠炮似的话让四叶有所动摇。

"我在……这个旅馆里,我还在这里。"

"原来你还在那里啊! 房间里只有你自己吗?"

"嗯……"

"那我现在过去,你在那里等我啊!"

"清美……"

"不要哭,乖,我马上过去啊!"

挂断了电话,清美赶紧脱下睡衣,换上牛仔裤。

"清美,"母亲可能是听见了说话声,她打开门,看到清美正准备外出,"是四叶打来的吗?"

清美这下子没法儿否认了,她不知道该怎么说才好。她想了一下说:

"她让我一个人去！"

"一个人？可是，四叶的妈妈……"

"我知道，可是四叶叫我一个人过去！"清美说道，"等我找到她，我会联系你们的！"

"这怎么行？"

"你们在家里等着吧！"

清美抓起手机，飞快地跑出了房间。

清美想：这样真的好吗？

在开往那家旅馆的出租车上，清美发起愁来。

其实她应该联系四叶的家人，应该带着她的父母一起去。可是，一旦他们得知四叶在那家旅馆里，她们就不得不说实话，解释为什么会这样了。

那样的话，清美自己也会受到影响。

说实话，清美不想受到处分。如果她能顺利地把四叶从旅馆带回家，就可以编一些理由搪塞过去。这样，四叶这边也省事……

"啊，就在这里停车吧！"

清美在站前广场旁下了车，出租车司机果然不愿意开到旅馆那边去。

清美向旅馆跑去。

现在理应是夏夜最凉快的时候，可气温完全没有下降的迹象。

清美来到旅馆时已是大汗淋漓。

她向前台打听四叶所在的房间。

不用说,这里的客人大都不会说自己真实的名字,前台也不知道四叶在哪个房间。

"她好像出事了!求你了,帮忙查一下吧!"清美央求道。

前台查了一下,只有一个房间是先开了两小时、后来改成一整晚的,而其他房间都是直接开了一整晚的。

"应该就是这一间了!请帮忙开一下门吧!"

前台的小伙子有些犹豫。

"我们可不想惊动警察!"小伙子嘟哝着,从前台走了出来。

他们乘电梯上了二楼,来到走廊上。

"啊!"一声尖叫突然响起。

清美大吃一惊,赶紧向声音发出的地方跑去,一个客房服务员打扮的阿姨因为看到了一个人的脸而吓得跌坐在地上。

"四叶!"清美对着一个背影喊道。在她印象里,四叶穿的正是这套衣服。

可是,四叶直接从走廊尽头的紧急出口跑出去了。

"四叶!"

清美急忙在后面追赶。

紧急出口的外面是室外消防楼梯,四叶从消防楼梯下去之后就跑开了。

"等等！是我！"

清美拼命追赶，可是，现在毕竟是深夜，再加上这边的路本来就很复杂，一旦追丢了，就很难再找到她了。

清美一边擦汗，一边回到旅馆。

她来到二楼，那个服务员阿姨还坐在地上，她的脸色十分苍白。

"发生什么事了？"清美问道。

"你……你认识那个女人吗？"

"嗯，她是我的同学！"

"同学？不可能吧！"阿姨气冲冲地说道。

"怎么了？"

"那个女人穿得像个小姑娘，可是她的脸上全是皱纹！"

"不会吧？"

"是真的，我就是被她吓成这样的！"阿姨站起身来，"太吓人了！"

"那肯定是别人！"

"她的头发白了一大半，真吓人！"

难道刚才跑出去的那个人不是四叶？

那么，四叶到底去哪里了？

房间的门开了，前台的小伙子拿着一个手提包走过来。

"这个手提包是客人留在房间里的，它是你朋友的吗？"

"是的！"

清美接过手提包，看了看里面。

"你赶快拿着包走吧！我们可不想和那些乱七八糟的事扯上关系！"

"她不在里面吗？"

"你自己去看看吧！"

小伙子催促她自己去看，清美便独自走进了房间。

这个房间其实并不大，清美很快就能将其看个遍。四叶显然不在这里，而且，除了手提包，她什么也没有留下。

"你知道那个男人是什么时候出去的吗？"

清美问前台的小伙子。

"这我就不知道了。我们这种旅馆，客人进出都比较低调。"

事实确实是这样的。

难道那个女人不是四叶？可是，从背影来看，她穿的就是四叶的衣服啊！但是，"脸上全是皱纹""头发白了一大半"……有这些特征的人，不可能是四叶啊！

这究竟是怎么回事呢？

"哎呀，快点儿出来吧！"前台小伙子催促道，"这个房间待会儿还要用呢！喂，快把床单换一下！"

"好，好！"

服务员阿姨战战兢兢地进了房间，虽然害怕，但她还是开始麻利地整理床单。

清美走进浴室，地面是湿的，花洒有水流出来过的痕迹。她又看了看洗漱台，看到上面有几根头发，便拿起来一根。

这是一根长发，一半是白色，另一半乌黑油亮。清美觉得这根头发跟四叶的头发很像。

"喂，快出来！"前台的小伙子不耐烦地冲清美叫道。

清美慌乱地把那根头发放进自己的口袋里。

"打扰了！"

她礼貌地跟前台的小伙子道别，然后走出了旅馆。

可是，她只找到了四叶的手提包，这对寻找四叶来说无济于事。

"对了，名片！"

四叶有没有拿到那个男人的名片呢？

清美在四叶的包里找了找，发现了一张名片。

"是这个吗？"

名片上印着的名字是"仓田朋保"，公司名只印着"Y财团"，没有其具体信息，还好上面印着电话号码，这样她就可以联系那个男人了。

可是，清美要如何将这个男人的事、四叶从旅馆逃走的事跟四叶的父母说呢？

当然，考虑到四叶的安全，清美现在已经顾不上学校的处分了，她已经做好了心理准备。

她来到广场，突然停下了脚步。

"啊！"

一个女孩儿的凄厉尖叫声突然响起,广场一角瞬间被火光照得恍如白昼。

"她点火了!是她自己点的火!"

一个女孩儿歇斯底里地尖叫着,同行的男孩儿离开她,自己跑了。

火着了起来。在广场一角,这团火焰眼看着就要倒塌了。

那是一个人!

清美赶紧跑进最近的公用电话亭。

门开了。

四叶的父母踉踉跄跄地走出来。

清美和她的父亲佐山俊二坐在走廊的长椅上,他们站起身来,却什么也没说。

"谢谢你们特意赶来……"四叶的父亲用颤抖的声音说道。

"不用客气……"佐山也不知道说什么好。

"怎么样?"清美问道。

"目前还不能确定是她……烧得非常厉害……"

"听说她是往身上浇了汽油,自己点的火!竟然发生了这种事……太可怕了……"四叶的母亲哭了起来。

"我们现在正在办手续,需要牙科医生来鉴定一下。"

"是吗?"

"衣服都烧得不成样子了,但我觉得那就是她的衣服,还有那些饰品……反正，只要有一点儿希望，我们就不会放弃！"

"嗯……"清美怯生生地递出四叶的手提包，"这应该是四叶的东西……"

"啊……"四叶的父亲接过手提包，"谢谢！"

"可是，她为什么要去那种地方？真让人不敢相信！"四叶的母亲一边用手帕擦眼泪一边说道，"清美，告诉我，你知道一些内情，对吧？"

"我……"清美一时语塞。

"在这里先不说这些了！"四叶的父亲制止了妻子，"四叶也有她自己的生活啊！"

"可是……"

"总之，先等医生的消息吧！"四叶的父亲搂着妻子的肩膀，先回去了。

"咱们也回去吧。"佐山说道。

"嗯……"

"希望不是四叶……"

"嗯。"

父亲佐山开车载着清美回家。

这是一个夏天的早晨，天已经亮了，阳光越来越强烈。

"爸。"清美叫道。

"什么事？"

"学校有可能找您啊！"

"是吗？没事,要是一次也没被学校找过,那么每天也挺无聊的!"佐山说完,笑了一下。

清美很高兴听到父亲这样说。

如果那个女孩儿真的是四叶,清美应该怎么办?

那张名片上印的名字是"仓田朋保",相机应该也拍到了他的脸……不管怎样,这件事不能就这样过去!

"爸,我饿了,咱们找个地方吃点儿东西吧!"清美说道。

"好,我也饿了。"佐山似乎松了一口气,"前面有一家二十四小时的餐馆,咱们去那里吃吧。"

"嗯。"

佐山变道后,把车速降了下来。

六、计　划

"真不明白,东京这个地方有什么好的!"

初子下了车,来到新干线的站台上,这是她来到东京的第一个感想。

站台反射的阳光和火车空调排出的热气混合在一起,向初子袭来。

这里太热了! 初子已经后悔来东京了。

可是,她又不能直接转头回去。

初子提着行李箱。不管怎样,还是先出了站台再说吧!

"你好!"一个男人叫住了她,"你是泽井聪子的姐姐吗?"

"我不叫'泽井聪子的姐姐',"初子条件反射般地说道,"我有名字,我叫泽井初子!"

"啊,不好意思!"男人微笑着道歉。

在这样的高温天气里,这个男人竟然穿着一身西装,还系着领带！不过，他却一脸轻松，似乎并不觉得热。

"没事，"初子后悔刚才语气那么冲，"说'不好意思'的人应该是我！"

"我姓仓田，在 Y 财团工作，那封信是我写的。"

"那封信不是聪子写的吗？"初子惊讶地问道。

"啊，这当然是你妹妹自己的意思，不过，她说写字太麻烦了，我就为她代笔了。"

"聪子这丫头……不好意思啊！她平时外出，不管去哪里，连一张明信片都不给我们寄！"

"可能她的应酬太多，太忙了吧。她毕竟是个名人嘛！"仓田若无其事地拿起了初子的行李箱，"汽车在等着我们呢！走吧！"

"啊，我自己拿……"

"那怎么行呢？一个男人让女生拿行李，自己空着手走路，这可太不像话了。站台这里太热了，咱们快出去凉快一下吧！"

"你也觉得热吗？"初子边下台阶边说道，"但你好像一点儿都不觉得热啊！"

"我当然热啊！前天我在自己家里，只穿了一条短裤睡觉，然后就着凉了。"仓田一本正经地说道。

初子被这个男人逗笑了，仓田也开心地笑起来。

"你能笑出来就说明没问题了。"

"什么没问题？"

"我的意思是，你现在应该还有充足的精神去蹦迪和唱歌啊！"

"我不是为了这些才来东京的啊！"初子惊讶地说道。

仓田虽然嘴上说"热"，但是足下生风，他在车站的通道里大步流星地走着，初子有些跟不上了。

初子怕和他走散了，只能在后面拼命追赶。

车站里比站台上凉快多了。他们从车站里出去的时候，外面也不像刚才那样酷热难耐了。

"啊，就是这辆车。"仓田说道。

初子大吃一惊，她的眼前是一辆她只在电影里见过的车，是公司老板坐的那种加长版豪华轿车！

"是这辆车吗？"

"嗯，我坐在前面。你坐在后面，好好放松一下吧！"

"哦……"

戴白手套的司机为初子打开车门，初子上了车。

"我等你好久啦！"聪子在车里跷着二郎腿，笑盈盈地说道。

"聪子……"

"别这么惊讶嘛！"聪子笑着说道，"现在这里就咱俩，放松点儿！"

她们是面对面坐着的，驾驶室与她们所坐的空间是隔开的，车载橱柜里有电视，还有饮料。

车子像滑行一样开动了。

"怎么样？舒服吧？"聪子说道，"这辆车和咱家那一辆老破车完全不一样吧？"

让初子惊讶的并不只是车。当然，这辆车的豪华程度确实令她惊讶，而更让她惊讶的是，妹妹好像变成了另外一个人。

"你别这么盯着我看嘛！"聪子把手放在剪短的头发上，"我的发型很奇怪吗？"

"你去理发了？"初子说的是显而易见的事情。

"爸妈都很生气吧？"

"生气是生气，不过，你知道的……"

"嗯，我能想象出来！"聪子点了点头，"可是，我也想跟普通高中生一样，过一个快乐的暑假！"

"我懂！"

她眼前的聪子身穿高档连衣裙。那衣服的品牌初子压根儿没听说过，现在的聪子怎么看都不像是个"普通高中生"。

而且，聪子还做了美甲，化了淡妆，耳朵上还有银色的耳环在轻轻摇晃。

"你戴耳环了？你打耳洞了？"

"嗯，这很简单，姐，你也去打吧！"聪子打开了车里的橱柜，"咱们喝点儿什么吧？可乐怎么样？"

橱柜里有冰箱。

"我也有点儿渴了。好，咱们就喝可乐吧！"初子说道。

聪子独自来到东京已经一周了。

在聪子的家乡，柳田教练的学员们为了明年的奥运会，已经开始训练了,而聪子没在训练的队伍里,这在聪子的家乡成了一个新闻,人们对此议论纷纷。

"赶紧让她回来参加训练!"母亲对初子说道。

初子就是为了这件事来东京的。

聪子将可乐倒进杯子里,两个人边喝边聊。

"我知道,"聪子说道,"他们是想让我早点儿回去训练!"

"嗯,他们是这个意思!"

初子一口气将杯子里的可乐喝掉一半,她喘了口气说:

"我听说,教练气坏了。"

"我才气坏了呢!"

"为什么?"

聪子把柳田在火车上对其他人说的话告诉了初子。

"所以,柳田对我已经不抱任何希望了,他只是把我当成一个宣传他自己的招牌!"

聪子说这句话时,语气中没有一丝怨恨,这反而让初子觉得心疼。

普通的高中生遇到这样的事,应该会火冒三丈、极力反驳,或者伤心流泪吧。

可是,聪子却如此平静。她十五岁获得了世界冠军,如今已经过去了三年。这三年,让聪子懂得了一个人生哲理——人不可信。

初子明白妹妹的心情,心疼她的同时,也发现了自己内心的苦楚：尽管如此，你也已经很幸运了啊！至少你体验过一次人生巅峰的感觉！

初子想起，每次别人叫自己"泽井聪子的姐姐"时，自己都会条件反射般地说"我不叫这个名字"，她还以为自己早就越过这道坎儿了呢！

这只是单纯的条件反射，还是在她潜意识里对妹妹仍存在着一种复杂而又矛盾的心理呢？

初子曾无数次被别人称为"泽井聪子的姐姐"，在老家，在宴会上，在车站的站台上……这个称呼就像刀子一样，被叫次数越多，初子的心就被扎得越痛……

"你在想什么呢？"聪子问道。

"没什么。"初子摇摇头，"我在想该怎么跟爸妈说。"

"别想了！管他们怎么想呢！咱们担心也没用啊！"

聪子很看得开。

"先不说这个了。聪子，你是怎么坐上这种豪车的呢？"

"对，我给你讲讲这件事情吧！"

聪子往前探出身子的时候，仓田的声音传来：

"快到吃午餐的地方了！"

"啊，对了，姐，你也换一下衣服吧！"

"啊？在车里换吗？我的行李箱放在后备厢里了。"

"不用拿行李！你把那个座位下面的箱子拿出来。对，就是那个，你打开看看！"

初子打开箱子,看到里面有一条淡蓝色的连衣裙。

"这……"

"这是我给你准备的。哎呀,你快点儿换上吧!"

"可是……"

"不快点儿换的话,咱们就要到吃饭的地方啦!"

在聪子的催促下,初子稀里糊涂地在车里换了衣服。

酒店的大堂宽敞明亮,流光溢彩。

盛夏的阳光从天窗照下来,大理石地面上反射出白色的光芒。

"请移步至里面的餐厅。"仓田在前面引路。

"仓田先生!"前台的男人叫住了他。

"你是叫我吗?"

"是的,有人打电话找您。"

仓田有些诧异地皱了皱眉,对聪子和初子说了一句"请稍等",便去前台接起了电话。

"喂?久等了,我是仓田。喂?"

电话突然挂断了。

"怎么了?"

"电话挂断。对方说过自己的名字吗?"

"没说。打电话的人应该是个年轻女孩儿。"

"是吗?谢谢!"

仓田又恢复了他招牌式的笑容：

"久等了！这边请！"

他指引着姐妹俩向餐厅走去。

佐山清美从大堂一角的电话亭走出来，低声自语：

"他就是仓田啊！"

看照片其实也能分辨出来他的脸，但清美想在明亮的地方看得更清楚一些。

清美走进一个客人很少的休息室，要了一杯红茶。

她轻轻地叹了口气，眺望着酒店窗外的庭院。

离九月新学期开学只有一周了，清美不知道自己还能不能继续在学校上学。

警方鉴定那具焚身自尽的人的尸体后，确认那就是间宫四叶，清美只好把两个人干的"副业"向父母坦白了。

警察只是对"自杀"进行调查，对清美并未做什么询问。

不过，清美的父母都被叫到了学校。可想而知，脸色阴沉的校长和教导主任肯定给了他们严厉的警告。

据说，学校对清美的最终处分将在开学后通知她，不过，学校方面也不想把这件事公之于众。

学生自尽、学生参与近似勒索的"副业"，这些事对学校的声誉影响太坏了。

清美想：也许这件事就这样过去了吧！

但是，关于那个男人的照片和名片的事，以及旅馆的服务员阿姨说过的话,清美一直没有说出来。

她不知道到底发生了什么,但清美觉得四叶是被别人害死的。她选择那种方式自尽,不就是不想让别人看到自己的样子吗?

"四叶……"清美慢慢喝着红茶,自言自语道,"对不起……"

如果那时她们不是用抛硬币来决定谁去执行任务,或者四叶猜了硬币的另一面,也许现在死掉的就是清美自己了。

可是,那个叫仓田的男人,到底是一个什么样的人呢?

清美正想着,休息室进来了两个男人——不对,是一男一女,那个女人只是穿得有点儿像男人。

她拿着一个很大的方形提包。

"咱们去那个角落的位置坐吧。"

"嗯,咱们还要看图纸呢。"

"联系仓田先生了吗?"

"嗯,联系了。他应该快到了吧。"

清美竖起耳朵仔细听。

仓田? 他们说的仓田就是自己要调查的那个仓田吗?

商务人士在这里进行商务洽谈是很正常的。

然而,当仓田走进休息室的时候,清美端着茶杯的手不由自主地颤抖起来。

"仓田先生,你好!"男人说道。

"你好,你有什么好方案吗?"仓田说着,在两个人那一桌坐了下来。

清美感到庆幸，因为仓田坐在她的斜后方，他看不见她的脸。

为了不让他们知道自己在偷听，清美从包里取出记事本，煞有介事地将其翻开。

"这位是策划人江上小姐。别看她这么年轻，她可是一位非常专业的策划人！"

"你好！我叫江上缘。"

女人拿出一张名片递给仓田。

"你好！啊，我忘记带名片了！"

清美的包里就有一张仓田的名片。她真想拿着这张名片走过去说："我这里有！"

突然这样胡思乱想一下，清美还有一点儿兴奋。

"这次宴会……"江上缘在桌上摊开了图纸，"听说是在家里举办，是吧？"

"对，安永少爷一般不出门，所以，生日会也打算在他的家里办。他家的房子一共将近两千平方米，足够举办宴会了吧？"仓田笑着说道。

"足够，而且特别宽敞……请问，你想将主会场安排在庭院里吗？"

"不，安永少爷主要是待在别墅里。你们把庭院布置成客人休息的地方，而主会场就安排在别墅里吧。"

"好的。嗯……不好意思，我可以提前去看一下别墅吗？"

"嗯，你想提前看看场地，是吗？或许我可以带你去一楼看一下，不过……"仓田的语气突然变得严肃起来，"别墅里的情形绝对不可以说出去，你能保证这一点吗？"

"嗯，当然可以！"

"如果你跟谁说漏嘴了，哪怕只说一个字，你以后就没法儿在这个行业里混了！你一定要记住！"

"我明白！"

仓田的语气让偷听的清美瞬间感到不寒而栗。

表面沉稳的仓田似乎暴露了他的真实面目……

"现在我只有一些初步的想法。根据会场的大小，我设计了三个方案……"江上缘看起来很专业，她利落地介绍着自己的方案。

他们的谈话已经进行了一个多小时。

"我觉得还需要临时增加一些人手。"江上缘说道，"怎么样好呢？从劳务派遣公司招人如何？"

"不用，上菜什么的，这家酒店来安排人就行了。比这更重要的是，多找些女孩儿过来。"仓田说道。

"女孩儿？"

"不是让她们陪客人喝酒！大部分客人都是中年男人，我想让现场的气氛更活跃一些，需要多找一些年轻女孩儿。"

"年轻女孩儿……你希望她们多大年纪呢？"

"嗯……十八岁左右吧。"

"那就是高中生了！找这样的女孩儿倒是不难。你有什么标准吗？比如，要会某种才艺……"

"不用，让她们来纯粹是为了调节气氛。她们什么都不用做，在现场吃东西就行。给我找二三十个可爱的女孩儿来吧。"

"好的。"

江上缘将他说的话记了下来。

"二三十个可爱的女孩儿。"

听到仓田说这些，清美顿时觉得毛骨悚然。

"仓田先生！"

休息室进来一个人。

这是一个年轻女孩儿，大概十七八岁。

清美回头瞥了一眼，觉得自己好像在哪里见过她。

"啊，你已经吃完午餐了吗？"

"嗯，现在大家都出来了。"

"抱歉，我马上过去！"仓田拿出一个记事本对江上缘说道，"那咱们来定一下你参观别墅的日期吧。"

"刚才那位是……"江上缘目送那个女孩儿出去后问道，"那个女孩儿是不是泽井聪子？那个游泳冠军……"

对啊，就是她！清美终于想起来了！

"是的，她现在也是安永少爷的客人。"仓田说道，"这件事你也要保密，可以吗？"

"好的,我想早一点儿看场地,明天可以吗?"

"没问题,到时候打这个电话联系我就行!"仓田把便笺递给江上缘,站起身来,"那我先走了。"

"好的。啊,还有一件事。为了工作方便,宴会的名称叫'安永正敏生日会'可以吗?"

"叫'Birthday Party'吧,毕竟他今年才十三岁!"

"好的。"

仓田快步走出了休息室。

十三岁?十三岁小孩儿的生日会竟然有这么大的排场!

清美起身走出了休息室,在外面等江上缘出来。

那个男人先走了。不一会儿,江上缘出来了。

"你好……"清美叫住了江上缘。

"你是叫我吗?"

"嗯,刚才在休息室里,我就坐在你们的旁边。"清美说道,"刚才那个人说的那个工作,我可以去吗?"

二三十个可爱的女孩儿——清美相信自己可以入选。

"你是高中生?"

"嗯,我今年十八岁。"

"可以啊!"江上缘微笑着递出了名片,"我必须快点儿找到人。如果你的朋友也想来,拜托你帮忙介绍一下啊!"

太好啦!

清美接过名片。

"我打电话联系您。"

"你今晚打给我吧。半夜吧,晚一点儿比较好。凌晨两点之前我应该还没睡。那先这样吧!"

江上缘匆匆离开了。

清美想:这个安永正敏到底是个什么样的人物啊?还有,泽井聪子为什么在他那里呢?

清美把名片放进包里,然后迈着执行任务般的利落步伐,穿过酒店大堂,走出酒店大门。

七、诱　惑

"辛苦了！"柳田说道。

"谢谢教练！"运动员们洪亮的声音响彻泳池。

柳田走进泳池后面的办公室，打了一个电话。

"啊，我是柳田。嗯，忙啊，当然忙！"

"我听说……"

"泽井聪子的事吗？"

柳田没等对方说完，就滔滔不绝地说起来：

"是我让她休息一段时间的。这三年，她的压力很大，她太累了。现在是黑木希带队，这个孩子现在正在上升期。"

"是这样的，四天后在 N 报社有个宴会，他们的社长是泽井聪子的超级粉丝，所以我想问一下，您可以带她一起来参加吗？"

"我和聪子一起去吗？"

"是的，可以吗？"

柳田想了一会儿说：

"这个嘛……我可以把黑木希也一起带去吗？我想让她也尽快适应这种场合。"

"当然可以，如果您能带泽井聪子来的话，再带上黑木希也没问题。"

给他打电话的这个人是一家泳装公司的销售总监。柳田去东京的时候，常常让这个人带着他到处吃喝玩乐。

"另外，活动结束之后，我想去箱根，在那里待两三天吧。"

"没问题，我来订酒店。"

"谢谢！那请您跟我说一下详细情况吧。"

"我稍后给您发传真。再见！"

柳田刚挂断电话，办公室的门就开了，黑木希穿着泳衣走了进来，她的肩膀上搭着浴巾。

"怎么了？"

"是下周五训练的事……"黑木希说道，"那天我家要做法事，到傍晚才能结束。"

"啊，知道了。没事儿，那天是普通训练，也没有采访，不来也没关系。"柳田点点头说道。

"教练……有聪子的消息了吗？"黑木希走到柳田的身边问道。

"没事，她很好。初子现在去找她了，到时候她会跟咱们说的。"

"是吗？"

"哦，对了，东京有一个宴会，你跟我一起去吧。"

"一起去？"

"就咱们两个人，怎么样？"

"可以吗？"

"当然可以！现在你可是队长！"

"好！"黑木希眉开眼笑，"那我去！"

"好！"柳田站了起来，问道，"大家都回去了吗？"

"嗯。"

柳田把黑木希抱进怀里。黑木希不顾泳衣又湿又凉，也紧紧地抱住了柳田。

"教练……"

黑木希的呼吸急促起来。

"你真可爱！"

"比聪子可爱吗？"

"别提她！那丫头根本不听我的话！"

"教练也抱过聪子吗？"

"没有！"

"真的？"

"嗯！"

柳田吻了一下黑木希：

"从东京回来的时候，咱俩顺便去一趟箱根，你随便找个借口跟家里说一下就行。"

"太好了！"

黑木希瞥了一眼门外，快步走过去，把门锁上了。

"啊，这样行吗？"柳田说道，"湿着身子亲热会感冒的！"

"那你给我温暖！"

二十分钟的时间转瞬即逝。

"哎呀，再不回去，你家里人该着急了！"柳田从沙发上站起来说道。

"嗯……"黑木希露出无忧无虑的笑容。

柳田等黑木希整理好泳衣说：

"走吧。"

说罢，他便打开了门。

泽井伸代正站在门外。

"啊，你来了……"柳田说道。

"初子来电话了……我是想来告诉你一声，她见到聪子了……"伸代的声音在发抖。

"我先走了。"黑木希从伸代的旁边跑掉了。

"我们得去一趟东京，参加一个宴会。"柳田移开视线说道，"你现在能联系上聪子吗？"

"这个……"

"想想办法吧，拜托了！"

"你竟然……你竟然……"伸代蹲在地上哭了起来。

"快站起来！让别人看见了不好！"

"你跟她就可以什么都不在乎，是吗？"

"我跟她……"

"我知道！"

伸代跟跄着站起来说：

"她们都是年轻有活力的女孩儿！"

"别吃醋了！我最讨厌女人吃醋了！"柳田冷冰冰地说道，"快出去！我要锁门了！"

"啊？"伸代喘着粗气说道，"你把女人当傻瓜，是吧？"

"我可没那么说！而且，你不也是有夫之妇吗？"

"所以呢？"伸代瞪着柳田说道，"我才不要当你的玩物！"

说完，伸代快步离去。

水和消毒液的气味弥漫在空气中，泳池里的微波发出"哗啦哗啦"的声音。

"你们俩只差五岁呀！"那个女人说着，笑了起来。

那个女人就是安永辉子，她和聪子姐妹俩正在共进午餐。

聪子跟她一起笑了，但是初子没有笑。

可能初子的脸上也露出了笑容，但那笑容不是发自内心的。

初子躺在床上，回忆着白天发生的事。

"聪子，"初子问道，"你睡了吗？"

过了一会儿，黑暗中传来聪子迷迷糊糊的声音：

"姐,怎么了?"

真是的,这个房间太大了,连说话都不方便!

初子下了床,走进旁边的卧室。

"好大的床啊!"初子目瞪口呆,"睡在这张床上,就像睡在泳池里!"

聪子和初子住的是酒店的套房,当然,这也是安永辉子安排的。

这个套房有两个卧室,初子住的是一间有两张单人床的房间,一张床就有 1.2 米宽。

聪子泡完澡后便躺在床上睡着了,她睡的是 1.8 米宽的大床,那张床几乎可以同时睡下三个成年人。

聪子的个子已经很高了,但就算她伸开手脚也还是够不到床边。

"你是在看电视的时候睡着的吧?"

初子从聪子手里拿起遥控器,把一直开着的电视机关掉了。

"啊,这张床好舒服啊! 姐,是吧?"

"嗯。不过,这不是咱们自己的家啊! 而且,这间酒店的房间也不是咱们自己花钱订的!"

聪子摇着头坐了起来。

"你想说什么啊?"

"我是想说,你不能一直待在这里,明天我们一起回去吧!"

"我不回去!"聪子嘟起嘴说道,"你想回去就自己回去吧!"

"聪子,你还是高中生啊！先不说游泳的事,学校还有作业呢！暑假只剩十天了,你必须要回去了啊！"

初子的话,聪子好像听进去了一些,但是聪子突然把脸扭向一边。

"而且……聪子,虽然安永女士对咱们很好,但是这对你来说不一定是好事啊！"初子坐在床边说道。

"为什么？因为我打了耳洞？"

"这是原因之一,还有其他的事。"

"是因为我去理了发,还是因为我穿了名牌衣服？你傻不傻？东京的高中生都是这么打扮的,为什么我就不能这样？"

虽然聪子振振有词地反驳初子,但她的这种做法反而暴露了她的心虚。

初子叹了口气。父母让她快点儿把聪子带回去,这也是她来东京的目的,她可不能住在这样的酒店里悠闲地吃喝玩乐。

"聪子,你自己也知道你在干什么吧？你救了那个叫正敏的孩子,这很了不起。可是,就算他们感谢你,他们给你的东西也太多了,不是吗？"

聪子笑了一下说：

"姐,你不会是把他妈妈说的话当真了吧？"

"'只差五岁'这句话？"

"是呀！正敏今年十三岁,我十八岁。他妈妈说,我和正敏只差五岁,以后我们长大了,我可以给他儿子当媳妇儿！他妈妈可真会说笑话啊！"

"她看起来很认真啊！"初子说道，"她确实很有钱，可是，我总觉得她有些怪怪的。你不觉得吗？"

聪子看着天花板说：

"让他做我的新郎啊……不过，他们家真的很有钱啊！他们可以过随心所欲的生活呢！"

"聪子，你来东京后胖了几斤？瘦下来很难，但胖起来却很容易！如果你胖了，以后怎么游泳？不管教练说了什么你不爱听的话，你别管他不就行了？你不是很喜欢游泳吗？"

"就是因为这些，我想做的其他的事全都不能做，是吗？"

"我可没这么说！我的意思是，要是你因为教练对你的态度不好，就放弃游泳，那就太可惜了！你很有能力，而我已经失败了……"

"姐！"

"嗯？"

"我是很喜欢游泳，但是光喜欢游泳没用！柳田教练、当地'泳联'① 的人、高中的校长……动不动就拉着我去参加各种活动！前几天，他们竟然拉着我去参加'泳联'会长女儿的婚礼！他们还让我致辞，可是在那天之前，我连新郎和新娘都没见过！我就在想，我到底算是什么？我是熊猫，还是表演杂耍的猴子？

---

① 泳联，指游泳联合会，水上运动赛事的管理组织。

有时候,我觉得自己就像是一只名贵的狗,被别人带着到处展览,带着我的人都得意扬扬地跟其他的人说:'看,这就是世界冠军泽井聪子!'这种生活,我受够了!"

"我明白!我理解你的心情,但是你不能因为这些就毁了自己的前程啊!现在媒体记者还不知道你没参加训练、在东京玩的事。万一过几天媒体记者知道了,他们在新闻报道里会怎么写你呢?"

"他们爱怎么写就怎么写,我才不在乎呢!"

聪子一下背过身去。

"聪子……"

"正敏的生日就快到了,在这之前,我是不会离开东京的!"聪子背对着初子说道,"姐,要不你自己回去吧!"

看来,初子说什么都无济于事了。

初子站起来说:

"那就以后再说吧。晚安。"

"晚安。"

"早点儿睡啊!"

初子说完,就回到了自己的卧室里。

初子躺在床上,想起和他们一起共进午餐的那对母子,怎么也睡不着。

安永辉子是一个看不出年龄的奇怪女人。

但是,她作为一个十三岁孩子的母亲,看起来太老了。她看上去怎么也得快六十岁了吧。

不过,说她五十岁,好像也说得过去,可能是因为她的妆太浓了,所以才让人这么想吧。

正敏也是个奇怪的男孩儿。他的脸色十分苍白,让人怀疑他是不是从来没有晒过太阳。

聪子救了溺水的正敏,他的妈妈安永辉子对聪子万般感谢,她的谢意甚至都有些过分了。

安永辉子对聪子说:

"这是缘分,请你一定要和他好好相处啊!"

她还说:

"要是有你这样的姑娘给他当媳妇儿就好啦!"

正敏虽然已经十三岁了,但是他的身体实在是太瘦弱了。然而,这个少年很老成,言谈举止像个大人。

不过,这也不是什么稀奇的事。体弱多病的孩子往往更爱看书,也更听话,所以,这样的孩子思想方面就会很成熟。

那个叫仓田的秘书也很奇怪。

当然,仓田身上很有商务人士的执行力和聪明劲儿,但是不知为什么,他总给人一种冷冰冰的感觉,这让初子觉得他很奇怪,但这种奇怪与安永辉子的奇怪又有些不同。

不过,他有时也会在餐桌上聊一些特别平常的话题,活跃现场的气氛,这一点也颇让人佩服。

二十岁的初子就这样胡思乱想着,可能连她自己也觉得奇怪。

这也许是因为最近三年大人们全都围着妹妹转，初子的生活被弄得乱七八糟，所以她才变得这么容易胡思乱想。

还有一件事，也许是初子自己想多了。吃饭的时候，每当辉子和聪子说话，她就觉得仓田在看自己，这种情况已经发生过好几次了。

初子心里暗暗纳闷儿：我不是美女，又不像聪子那么可爱。我并不受男生欢迎，也没有收到过情书。我虽然已经二十岁了，但从没有交过男朋友……一定是我想多了！哎呀，不想啦！明天再和聪子冷静地谈一谈，再决定怎么办吧……

初子闭上眼睛，过了十几分钟便睡着了。

不知过了多久，初子睁开眼，条件反射地看了一下时间。

床头柜上的电子时钟显示"3:55"。快要凌晨四点了，天快要亮了。

初子弄不明白，自己为什么会在这个时候醒来。

忽然，她听见有人在低声说话。

"那我走啦……"

"晚安。"

是聪子的声音。

"好好睡哦！"

"嗯。"

"今晚玩得开心吗？"

"太开心了!"

是仓田!

初子想起仓田跟她说过"去蹦迪和唱歌"的事。

原来他晚上把聪子带出去玩了!

初子顿时火冒三丈,差点儿就冲过去了。

不过她转念一想:聪子已经是高中生了,而且,家里也从来不允许她这样出去玩。这次别人请她晚上出去玩,如果自己责备她,是不是太苛刻了?

"晚安。"仓田说道,"你姐姐那边没事吧?"

"我姐只要一睡着,打雷都吵不醒她!"

"是吗?明天也叫上她一起去吧!"

"她肯定不会去的。"

"你不试试怎么知道呢?"仓田说道,"明天下午再联系。"

"好的……"

仓田好像走了。

初子在床上等了一会儿,然后轻轻地从床上滑下来,悄悄地看向聪子的卧室。

聪子躺在那张宽敞的大床上,连衣裙只脱了一半就睡着了。

"真是的……"

初子皱着眉头,想置之不理,又怕她感冒。

初子帮她脱下连衣裙,把毯子从她的身体下面拉了出来,盖到她肩膀的位置。

聪子睡得很熟，完全没有睁眼，看来她是真的玩累了。

一切都等到明天再说吧。

初子刚要回自己的卧室，忽然又想起了什么，急忙走到套房的门外，在门上挂上了"请勿打扰"的牌子，然后关上门，还小心地挂上了安全锁链。

这下子她终于可以放心了。

初子向自己的床走去。

八、背 信

"教练!"游泳俱乐部的年轻女职员走过来说道,"嗯……有客人找您。"

"稍等一下。"柳田皱起眉头。

他正在接受采访,采访他的是当地一本畅销杂志的记者。

摄影师刚要按下快门。

"啊,等一下。"柳田让摄影师停了下来,"来的客人是谁?"

"是泽井先生。"

柳田心想:他果然来了啊! 现在可不能让他到这个采访现场来,要是他闹起来,杂志登出了我和他老婆的丑闻,那可不得了!

"知道了,你先把他带到我的办公室去吧。"

"好的。"

女职员离开后,负责采访的女记者问:

"泽井先生是泽井聪子的父亲吗？"

"啊，是的，他是一位很关心孩子的父亲。"

"听说，最近泽井聪子不在这里训练。"

"她正在充电呢！"柳田突然想到了一个完美的说辞，"如果需要的话，你们也去采访一下她的父亲吧！"

"嗯，那太好了！"

"请稍等一会儿。"

柳田从泳池边的椅子上站起来。

"可以拍一下训练的场景吗？"摄影师问道。

"可以。不过，请不要开闪光灯，以免运动员们分心。"

"好的。"

柳田觉得自己稳操胜券。面对媒体，只要不动声色，他就赢了。

柳田打开办公室的门。

"啊，久等了！"柳田还是和往常一样的语气，"你们和聪子联系上了吗？"

泽井和男坐在椅子上，他看起来有些心神不定。

"听说初子在东京见到她了……"

"那就没事了，初子办事很可靠。"柳田坐到桌子边的椅子上说道，"反正我也要去东京一趟，聪子在东京更好。"

"啊？"

"N报社要举办一个宴会，邀请我们参加。听说他们的社长是聪子的粉丝,他一定要让聪子参加。"

"哦,是这样啊……"

"你也一起去吧!到了东京,你可以直接找聪子谈谈,总比你在这里一直担心她好。"

话题的走向完全出乎泽井和男的预料,他一时不知如何是好。

柳田早就知道了一切。

泽井的妻子伸代已经把她和柳田的关系和盘托出了,不过,泽井和男是个爱面子的人,他是不会找柳田大闹一场的。

没事的,他是个单纯的男人。

"路费和住宿费都由 N 报社支付,你不介意吧?"柳田再次确认。

"这倒是……"

"太好了!哎呀,我刚才还在发愁……我想带着黑木希一起去东京,虽然她是我的徒弟,但她毕竟是个女孩儿,我们俩单独去的话,我觉得有点儿尴尬。要是你也去,我就没有后顾之忧啦!"

"柳田教练……"泽井调整了一下坐姿说道,"我今天来找你是……"

"我知道,你是想说我和你老婆的事吧?"柳田的态度很自然,这反而让泽井有些不知所措。

"泽井先生,不瞒你说,我和她确实发生过那种关系,但是,不是我先找她的，是她哭着来找我的，我是为了安慰她！"

"她哭了？"

"嗯，她说你老是去邻镇酒吧找年轻女人喝酒。"

泽井立刻面红耳赤。

"当然，我没打算抵赖。要说有罪，我确实是有罪。你想打我的话就打吧！"

泽井移开了视线，柳田站了起来。

"你要打我的话，可以等采访结束了再打吗？要不然，记者们看到我的伤，会觉得奇怪的。"柳田接着又说道，"你也一起来吧。你最好在我旁边看着我，免得我逃跑。"

有些不知所措的泽井跟着柳田走了出去。

杂志的女记者和摄影师在泳池旁边等着他们。

"久等了！"柳田对记者说道，"这位是泽井聪子的父亲。"

"啊，您好！很荣幸见到您！"

泽井接过名片，不知如何是好。

"您好……"

"我想问您一些关于聪子的事情，只要十分钟就好！"

"啊……"

泽井坐在椅子上，开始回答那些已经被问过几十次的问题。

"有一个冠军女儿，您的心情是怎样的呢？"

相机"咔嚓咔嚓"地对着他拍照。

看到泽井飘飘然地大讲特讲，柳田背过身去，窃笑起来。

"教练,大家都到齐了!"黑木希跑过来说道。

"好,今天练习折返。"

"好的!"

柳田抱着胳膊站在泳池边。

"喂?爸?"初子在酒店房间里给父亲打电话,"是我,初子。我可能没法儿马上带聪子回去……"

"没事,我也要去东京。"

"啊?"

"你们就在那里等着吧。"

"在这里等着?"

"N报社有个大型宴会,他们希望聪子参加。我会和柳田教练一起去,你跟聪子说一声,我们明天过去。"

"哦,知道了。"

"你别让她乱跑啊!"

"她想一辈子都待在东京呢!不会乱跑的!"

"是吗?那到时候咱们再联系吧。"

"你们乘坐几点的火车过来?喂?"

电话挂断了。

父亲的声音听起来醉醺醺的,他竟然在大白天喝酒,肯定是柳田叫他去喝酒的!初子大概能猜到父亲现在的状况。

有这样一个父亲,她觉得有些丢脸。

他把父辈传下来的酒铺改成了便利店,本来也能凑合着过日子。可是现在,他每天沉浸在聪子给他带来的荣耀里,对便利店不管不问。

不过,因为这家"泽井聪子的便利店"上过报纸和杂志,所以它倒也不缺顾客。

可即便是这样……

柳田来东京,大概就是为了享受被别人招待的感觉吧。

服务员把早餐送到房间里。初子开始吃早餐,她只点了面包和咖啡。

聪子还在呼呼大睡。

初子吃完早餐,稍微犹豫了一会儿后,撕下了一张电话旁边的便笺。

聪子:

　　我一个人出去走走,晚饭前回来。

初子

草草写完后,初子把便笺放在桌上,用咖啡壶压住。

外面看起来很热,初子拿出自己带来的连衣裙,决定穿着它出门。跟安永辉子给她买的名牌裙子比起来,这条裙子可能显得有点儿土,但初子是个不喜欢装模作样的女孩儿。

初子把印有"Y财团"字样的仓田的名片放进包里,瞥了一眼聪子就出门了。

初子来到酒店大堂,给仓田打电话。

"他还没来公司。"接电话的人这样回复她。

"我是泽井……"

"是泽井小姐啊！您直接拨打他的手机号码吧。"

"好的。"

初子急忙记下仓田的手机号码,道谢后挂断了电话。

接着,她拨通了他的手机,仓田很快就接听了电话。

"我是初子。"

"啊,这么早啊！"

"已经是早上了啊！"初子说道,"我有话想跟你说。"

"有话跟我说？那真是我的荣幸啊！"

"我……"

"我上午在安永家,正在准备正敏少爷的生日会。你现在能来这里吗？"

"我去那里？"

"这里很好找的。"

初子想：跟安永辉子谈谈可能更好。

"那我现在去那里,可以吗？"

"当然可以,欢迎！"

记下地址后,初子挂断了电话。

刚走出酒店大堂,初子就被热浪闷得透不过气来。不过,天气热一点儿也不算什么,她小时候痴迷游泳,不是还很喜欢大热天嘛!

初子看到了出租车站的箭头,正要往那里走,又停住了脚步。

对了,刚才也记下了那里的地址,还是坐电车过去吧。不过,首先要知道怎么去车站。初子走到酒店的礼宾部柜台,想要问问路。

"啊,车站啊!酒店有到车站的巴士,你可以坐巴士过去。"

"可是……我走路去,不行吗?"

"要走十分钟左右呢。"

"我走路过去就可以,请问怎么走呢?"

"巴士每十分钟发出一趟……啊,巴士来了!"

看来服务员是不准备给初子指路了。初子没办法,只好上了那辆巴士。

初子在巴士上等了十分钟左右,上来了几个乘客后,车就出发了。车里冷气开得很大,她觉得有些冷。

然而,乘坐巴士到车站只花了五分钟!

这点儿距离,要是初子走路过来,肯定用不了十五分钟吧!

初子先坐电车,又换乘公交车,最后用了大概四十分钟到达安永家。聪子应该是已经来过这里了。安永家大得令初子目瞪口呆。

看看外面的围墙长度就可以知道里面有多大了!从外面

看,里面的建筑只露出一点儿屋顶!

初子不知道应该从哪里进去,绕着围墙走一圈找其他入口,太浪费时间了。于是,她试着按了一下紧闭的正门旁边的对讲机按钮。

"吱"的声音响起,初子抬头一看,是摄像头在左右摇摆。

"初子,欢迎!"仓田的声音从天而降,"快进来吧!"

她面前的铁格栅门滑向一边。

"我可没这么宽啊!"

初子自言自语着走了进去。

"那……我先走了。"佐山磨磨蹭蹭地说。

"走吧,"谷田结香躺在床上说道,"快走吧!"

"结香……你明白吧? 我……"

"你不想让女儿伤心,是吧? 我明白!"

"对不起……我这样有点儿自私……"

"是挺自私的!"结香笑着说道。

佐山似乎松了一口气。

"毕竟我女儿的一个朋友死在这附近嘛!"

"我知道,听说是焚身自尽的!"结香说道。

"是啊!"佐山叹了口气。

"啊……"结香在床上伸了个懒腰说道,"我今天要不要请假呢?"

"我就跟公司说,你给我打过电话请假了。"

"不用了,待会儿我想好请假理由后,自己联系公司的人吧。你快走吧,免得有人给你打电话。"

"啊,那我走了啊!"

佐山拿起包,又说了一句"走了啊"才出门。

谷田结香叹了口气,望着天花板。今天,她原本是跟公司说在外面跑客户,办完事之后再去公司的,结果大清早就来旅馆了,这真是让人笑话!

可是,自从上次他们不小心撞见佐山的女儿,佐山就好像受到了严重的打击。

佐山虽然慌慌张张地出来和她约会,但是她觉得,他应该是想说分手。他的这点儿心思,她从他的表情中就能看出来。

所以,结香故意东拉西扯地说个不停,最后,他还没提分手的事,就到了必须去公司的时间。

"真是不争气!"

可是,结香埋怨他也没用。

其实结香知道,这段关系早晚会结束。他要是能干脆地提出分手,自己也更容易放弃。

结香并没有他想象中那么洒脱。虽然佐山确实不太可靠,但他有点儿像结香多年前早逝的父亲,所以,当时是结香主动靠近他的。

但是,结香也不想和他纠缠不休,搞得自己在公司里待不下去。

结香预感到,今天可能是他们最后一次约会了。

佐山说话总是拐弯抹角的:"一想到我女儿的心情,我就……"

如果结香自己主动提出分手,他肯定会松一口气吧。

"我才不说呢!"结香自言自语着从床上坐起来。

她总觉得有点儿心烦意乱,可能约会这种事真的不适合安排在早上。

结香洗了澡,做好了出门的准备。

有没有落下东西呢?结香环视房间。

"哎呀,这个人真是的……"

一个很眼熟的钱包出现在她的眼前。他竟然把钱包落在这里了,真是个冒失鬼!

他现在肯定急得脸都白了吧!

"没办法,我给他送过去吧。"

结香本来想去逛街的,现在看来她只能去公司了。

结香打开钱包看了看,从放卡的地方掉出一张照片。

"是我的……"

这是一张结香的照片,是结香刚进公司不久时穿着制服在屋顶上拍的。她看起来还有些学生气,现在看到这张照片,她觉得有点儿难为情。

他是从哪里弄到这张照片的呢?而且他还随身带着它,这多么危险啊!

结香的胸口忽然一热。

她不想分手了。她并不是想让他为难,但只要不提什么不合理的要求,或许他们还能这样继续下去吧。

结香怪自己太依恋他了。她把照片放回钱包,将钱包轻轻地抱在胸前。

这时,有人敲门。

他回来了! 他一定是发现自己的钱包落在这里了!

结香大步走过去,打开了门。

"你落下东西了吧! "

然而,站在门外的人并不是佐山。

结香幸福的感觉还未来得及消散,就再也不必再纠结要不要和佐山分手了。

她的身体失去了力气,钱包掉在地板上。鲜血染红了钱包,也染红了钱包里结香的照片……

九、红 液

总觉得怪怪的。

这是初子走进那栋别墅后的第一感觉。

这是一栋奢华的英式建筑,看起来有些沉闷。这种别墅,初子只在电影里见过。

然而,当初子踏进这栋别墅后,她的第一感觉却是这栋别墅怪怪的。按理说,她看到这么大的别墅,应该会先惊叹一番吧。

"啊,不好意思,让你久等了!"

仓田走进了宽敞的起居室。

"你好。"初子跟他打了招呼,"我妹妹还在睡觉。昨天半夜,她好像出去了。"

"年轻人嘛,晚上偶尔出去玩玩也没关系。"

仓田说着,在沙发上坐下来。

好奇怪,刚走进这栋别墅时,初子觉得这里的空间好像有点儿扭曲,那是一种难以形容的诡异感,而她觉得仓田奇怪,则是有明确理由的。

仓田总是穿着西装,尽管初子和他见面的次数不多,但在东京站的站台那么热的地方,他还穿着笔挺的西装,而现在,他松开了领带,头发也有些凌乱,给人一种不修边幅的感觉。

难道这才是仓田本来的样子?

"仓田先生,"初子开口说道,"我父亲和柳田教练要来东京。"

"啊,那太好了,欢迎啊!"

"我不是那个意思。"初子连忙摇头,"我本来是要赶紧带聪子回家的,但是现在需要在这里等我父亲和教练。我们不能一直住在那个酒店里让你们破费,我们想换一个小一点儿的房间,自己付钱。"

"你是在意这件事吗?"仓田笑着说道,"看看这座别墅,你就应该知道没有那个必要了吧。"

"我知道,那点儿花费对你们来说不值一提,但问题不在这里。"

"嗯,我明白你的心情。不过,聪子救了正敏少爷的命,我们做这些都是为了感谢她。辉子女士只有这么一个儿子,表达一下感谢之情也是应该的嘛!"

仓田依然像往常一样对答如流。

"妹妹和我都体验到了平常根本体验不到的奢华生活,对此,我深表谢意！但是我妹妹快忘了这些都是特别的体验,不是我们正常的生活！"

"新鲜的体验都只是暂时上瘾而已,她很快就会玩腻的。"

"可是,我妹妹还是高中生,还要学习。暑假就快结束了,而且,她还得回去练习游泳……"

"那你的意思是……"

"我的意思是,你们已经为我们做得够多了,以后不用再费心了,特别是……不要再半夜带她出去玩了！"

仓田用一种奇怪的眼神盯着初子。

初子明明和他离得没那么近,却觉得仓田的眼睛好像就在近旁窥视自己。

初子一下子站了起来。

"我先走了！"初子说道。

"不用那么着急啊！反正你们也要等你父亲来东京,不如参加完正敏少爷的生日会再走嘛！正敏少爷也很期待你们能参加他的生日会呢！"

"这……"初子虽然有些迟疑,但是人家已经为她们做了那么多事,要是她连这个邀请都拒绝,就有点儿说不过去了。

"我回去和妹妹商量一下吧。有一点我需要跟您先说清楚,请不要再半夜带我妹妹出去了,她必须回到正常的生活中了！"

"我知道了。"仓田微笑着说道,"你可真像她妈妈！"

妈妈……

初子隐约能觉察到,自己的母亲和柳田教练的关系有些不一般,虽然她知道得不多,但看到母亲说"因为聪子的事而需要打电话"并买了手机,初子便觉得她很可疑。

母亲不经常出门,本来是不需要这种东西的。

每次看到她第一时间出来袒护柳田,初子就忍不住怀疑他们之间的关系。她越想越觉得心慌,这件事实在是太有可能了!

走出起居室后,仓田说:

"你要不要参观一下这座别墅?"

"啊?"

"当然,生日会也在这里办,不过,生日会当天,客人会很多,那时我就无法带你到处参观了。别墅里的阳光房之类的地方,很值得一看哦!"

这句话果然勾起了初子的好奇心,在这样的豪宅里参观,此生她可能再也不会有第二次机会了。

毕竟,初子也只是个二十岁的女孩儿。

"那好吧,如果您不麻烦的话……"

"什么麻烦不麻烦的,小事儿!来,走这边!"

仓田在走廊里带路。

"这是会客室,不过,这里没什么特别的。"

仓田打开了门。

"中式?"

"西方的古堡和宫殿,一般都会有一个中式风格的房间,这里正是效仿这种设计而建的。"

这里的家具和屏风都是中式风格的,房间里的每一件物品肯定都不是寻常之物。

"这个房间比我家整个房子还要大!"初子说完,自己也笑了,"没有人像我这样做比较,是吧?"

仓田打开了另一个房间的门。

"这是图书室……"话刚说到一半,仓田就惊讶地说道,"你还在这里啊!"

初子向房间里看去,只见贴着墙而立的书架上摆着一排排书,一个女人从沙发上站起来。

"我正准备走呢。"女人心神不定地说道。

桌子上面是一张很大的图纸。

"这位是负责策划本次生日会的江上缘小姐。这位是泽井初子小姐,是聪子小姐的姐姐……哦,不能这么说……"

仓田的脸上露出故意的坏笑。

江上缘看起来三十岁左右,身材高挑儿,妆容淡雅,很有职业女性的样子,给人一种非常清爽的感觉。

"你好……"江上缘打了一声招呼,"我马上就走!"

她把图纸折了起来。

"不用着急,我只是带初子小姐参观一下别墅,"仓田说道,"就按照咱们之前沟通的方案进行吧!"

"好的……"

"那些女孩儿也一定要安排好啊！"

"好的……"

江上缘抱起图纸就要往外走。

"啊，你的耳环……"初子说道，"只有一只了！"

江上缘吃了一惊。

"真的呢……没关系，不是什么值钱的东西。我先走了！"

她慌慌张张地走了出去，好像被谁追赶着似的。

"她看起来很忙，"仓田说道，"生日会没有多少准备时间了。走，我带你去看看阳光房吧！"

初子总觉得刚才那个女人的举动有些异常。

她跟着仓田走进了阳光房，这是一个更大的房间，几乎有起居室的两倍大。

夏日的阳光从玻璃顶照射进来，宽敞的房间里摆放了许多观叶植物，让人觉得这里的空气都散发着清新的香气。

"好漂亮啊！"初子忍不住赞叹道。

她不禁做起深呼吸来。

"这里不错吧？你在这张长椅上坐坐吧！"

白色的长椅和桌子十分精致，这里简直就像电影里的世界！

"仓田先生！"

突然有人说话，把初子吓了一跳。

"啊，拿些饮料来吧。"

"好的。"

这是一个三四十岁的女人,初子判断不出她的具体年龄,她身上系着的围裙看起来很陈旧。

"她是这里的阿姨,叫信子。"仓田介绍道。

叫信子的女人默默地向初子点了点头。

初子想:这个人面无表情,好可怕!

初子在长椅上坐下来,在这里,她感到舒适愉悦,妙不可言。

"这座别墅太棒了!"

"这里的一切都是安永女士家一代一代积累下来的。"

"仓田先生……"初子说道,"安永女士……辉子女士在午餐时说的话,是玩笑话吧?"

仓田看了一眼初子说:

"你是说'只差五岁'这一句话吗?"

"嗯,正敏少爷才十三岁吧?十三岁……他还是个孩子啊!"

"这可不好说啊!五年后,聪子二十三岁,正敏少爷十八岁……"

"可是……"

"不过,现在不用想那么多,还早着呢!"

信子用托盘端来两个杯子。

"这杯红色的饮料好漂亮啊!"初子拿起饮料说道,"它像红宝石一样鲜艳!"

"这种饮料很好喝,你尝尝吧。它含有一点儿酒精,但酒精的量很少。”

“我的酒量很差。”初子说完，喝了一口饮料，冰凉的液体滑过她的喉咙。

“好喝吗？”

“太好喝了！”初子不禁感叹道，“这是什么饮料呢？”

“这是一种进口水果的果汁，在日本很稀有。”

“哦，是吗？真好喝啊！”

初子很快便将饮料喝完了，可能是因为别墅里开着空调，空气太干燥，让她觉得口渴吧。

“正敏少爷很喜欢聪子，”仓田说道，“而我喜欢的是你！”

听到这句意想不到的话，初子顿时不知所措，她抬头望向明亮的玻璃顶。

“好舒服啊！在这里睡个午觉肯定特别棒！”

“睡吧，睡吧，我会让你安安静静地睡一觉的。”仓田说道，“你睡着的样子一定很可爱！”

“不要说了！”初子红着脸说道，“聪子比我可爱得多，我知道。当姐姐真是吃亏啊！”

突然，初子的拖鞋踩到了一个硬硬的东西。她低头一看，是一只银色的耳环。

这是刚才那个女人的耳环。

耳环掉在长椅下面，初子伸手将它捡了起来。

突然，初子感到一阵眩晕，她不禁闭上了眼睛。

"怎么了？"

"啊，没事……刚才弯腰起来的时候有点儿头晕，没关系的！"

可是，这种眩晕的感觉并没有消失。

"这个耳环是……刚才那位……江上小姐的吧？"

"啊，原来掉在这里了！"仓田接过耳环说道，"我会把耳环交给她的。"

初子脑海中的两个画面重合在一起。

一个画面是松着领带、弯着腰的仓田，另一个画面是慌忙站起来走开的江上缘……

那个女人头发凌乱，躲避着仓田的视线，看起来心神不定。

初子的眼前浮现出江上缘的身影，就在这个阳光房里，她被仓田抱住……

"怎么了？"仓田的声音有些异样。

"你对那个江上小姐做出了那种事情……所以她的耳环才掉在这里的，但是她没发现。"

"你在说什么？"

"看你紧张的，后面的头发都竖起来了。"初子说道。

仓田一惊，伸手去摸自己的头发。他的这个动作说明，初子的猜测没错。

"你太过分了！你知道这项工作对她来说十分重要，她不能拒绝，所以你就对她做出了那种事情……"

她觉得头晕目眩。她这是怎么了？

"我要……回去……"

初子站起来，想要离开，可是，她只走了两三步就要倒了，仓田扶住了她。

"初子！你喝醉了吗？"

喝醉？她才没有呢！他肯定是在那杯饮料里放了什么药！

"来，躺下吧！"仓田说着，让初子在长椅上躺了下来。

"让我回去……让我回去……"初子嘟哝着，但是她的头太晕了，根本站不起来。

"你在这里休息一会儿吧，没关系的！"

"可是……"

"有什么事尽管叫我。"

"身体……很沉重……"

初子虽然一动不动地躺在那里，但是天花板好像还在慢慢地旋转……

初子的意识渐渐模糊起来……不，她绝对不能在这里睡着！

但是，她实在是撑不住了，眼皮马上就要合上了。

瞬间，初子睡着了。

仓田笑了一下：

"你没戴耳环呢！这下子就没东西可掉啦！"仓田说完，便跪在长椅边，抓住了她的连衣裙。

"仓田先生!"

信子不知何时站在这里。

"什么事?"

"有电话找您,是聪子小姐打来的。"

"是吗?我现在很忙,你跟她说,稍后我打给她!"

"好的。"

信子刚走,仓田便扯下领带扔在一边。然后,他抱起初子,轻轻地拉开她背后的拉链。

这时,他又听到信子说:

"仓田先生!"

信子走路几乎没有声音。

"又怎么了?"仓田烦躁地回头看去。

"您的电话……是夫人打来的。"

仓田不快地哼了一声。

"看来必须得出去了啊……"

仓田把初子放在长椅上,问信子:

"是工作室里的电话吗?"

"是的。"

仓田急忙从走廊跑了过去。

信子瞥了一眼初子就走开了。

即便是仓田,也不能不接辉子女士的电话。他按照辉子女士吩咐的事情打完了几个电话,时间已经过去十五分钟了。

他回到阳光房,发现初子不见了,气得直摇头。

她清醒得也太快了吧!按理说,现在药效应该还在起作用啊!

"信子,"仓田问刚从起居室出来的信子,"那个女孩儿去哪里了?"

"您是说阳光房里的那个女孩儿吗?"

"嗯。"

"她没在那里吗?我一直在打扫房间,所以……"

"知道了,没事了!"

看来,她逃走了。

不过,仓田有信心把初子搞到手。

仓田拿起身旁的电话,打给在酒店的聪子,可是她不在房间里。

"真是不凑巧啊!"仓田嘟哝了一句,对信子说道,"我去公司了。"

他说完,便迈开大步向玄关走去。

十、袭　击

"祝您游得愉快！"女服务员说着，递给聪子一张叠得整整齐齐的浴巾。

"谢谢！"

这是一种难以形容的心情，她有点儿害羞，又有点儿兴奋。

女服务员没有发现她就是泽井聪子。谁能想到，一个世界游泳冠军会在酒店二十米长的泳池里游泳呢？

聪子是心血来潮才这么做的。

姐姐罕见地留下了一张字条，说"一个人出去走走"。现在她不在酒店。聪子给仓田打电话，他说自己正在忙。

聪子觉得很无聊，便一边看电视，一边翻着《酒店服务指南》。突然，"室内泳池"几个字映入她的眼帘。

泳池……

她这才想起来，自己已经三天没进泳池了，这是这些年从未有过的事。

这次的事让聪子完全松弛下来了，她并不后悔，而且生出去水里游泳的念头，所以她来到了这个位于酒店大楼高层的室内泳池。

酒店提供可以借用的泳衣，浴巾也给客人准备好了。

哦，对了，这里还有一项免费服务——饮料可以随意享用！

对聪子来说，这也是一个惊喜！

以前，对聪子来说，泳池就是"战场"和"训练场"，而"游得愉快"和"免费饮料"这些事情和游泳完全不沾边儿。

这个泳池是酒店客人专用的，现在这里只有四五个人在游泳，还有十几个人悠闲地躺在泳池边的躺椅上。

聪子穿着借来的泳衣，她觉得泳衣稍微有点儿紧。她的胳膊和肩膀上的肌肉很发达，适合普通人的均码泳衣对聪子来说不太合身。

聪子找了一个空着的躺椅，将浴巾放上去，轻轻地向泳池走去。

这个室内泳池的屋顶是玻璃制成的，明亮通透，能看到夏日的晴空。

聪子跳进水里，游了起来。她没有用力，只是悠闲地划水。

尽管如此，她还是游得比别人快许多，她吸引了泳池边的客人们的目光。

很快，聪子就在二十米左右的泳池里游了五个来回。

聪子从泳池中出来后,轻轻地喘息着。她用浴巾擦干了身体,在躺椅上躺了下来。

"是泽井聪子!"

聪子听到有人叫出了自己的名字。

以前遇到这种情况,聪子会感到既开心又害羞,而现在,她已经没有任何感觉了。一方面是因为她已经习惯了,另一方面,聪子觉得对大部分人来说,她就像一只"珍稀动物",人们看到她只是惊呼:"啊,它在动呢!"仅此而已。

游泳好快乐!这对聪子来说,是久违的感觉。

聪子觉得,水就像是缠着自己玩耍的小狗,她上次有这种感觉,还是在小时候。

三年前,在她到达那个"巅峰"、夺得金牌之前,水还是她的"好伙伴"。

十五岁的她,身上有用不完的力量。

那时,一切都像奇迹一般,她迎来了自己的"巅峰时刻",那是以后的她再怎么努力也追赶不上的时刻。

到了十八岁,她的胸部变大了,腰也变粗了,水变成了她的"敌人",变成了需要努力克服、必须控制住的"麻烦家伙"。

而现在,聪子不那么认为了。

水还是水,它没有任何改变,改变的是聪子自己。

聪子抬头望向天空,玻璃屋顶的外面,是盛夏的蓝天。

在泳池水和消毒水的气味中,聪子昏昏欲睡。

虽然她睡得不少,但连夜出去玩,令她困顿不已。

不知何时,聪子闭上了眼睛,一下子睡着了……

再睁开眼睛的时候,她身上沉重的感觉已经基本消失了,但还是有些精神恍惚。

初子只知道自己现在坐在车里。

"你没事吧?"一个女人的声音在她的耳边响起。

初子一惊,向前看去,开车的女人正趁着等红灯的间隙,回过头来看她。

"啊……"

初子模模糊糊地记得有个人救了自己。

江上缘一边开车一边问:

"我把你送到哪里去?"

"那个……F酒店。"初子的舌头有些打结,"啊,不好意思……"

"是喝了药的关系。"江上缘说道,"不过,药效不会持续太久的。"

"药?"

"你是不是在那个阳光房里喝了一种红色的饮料?"

"嗯,是的。"

初子想起她发现了一只耳环的事。

"你是……江上小姐,是吧?"

"是的，叫我小缘就行。"

"你也去过那个阳光房……"

"是的，然后他也给我喝了那种饮料……后面的事情，你就知道了吧！"

"你怎么知道他会对我……"

"我看到仓田带你参观，就知道他肯定是想对你做同样的事情，所以我假装从玄关出来，然后躲在里面。"

"太感谢了！真的谢谢你！"

"没事，还好没让他得逞！"江上缘微笑着说道，"你怎么会去那座别墅呢？"

"不知为什么，他们特别喜欢我妹妹……"

一句话很难讲清楚。

"你们还是尽量别去那里了，那里不是什么好地方！"

"我们……要不要去告那个仓田？"

"我就不用了，反正也不是第一次了。"

"啊？"

"倒不是为了工作。昨晚，我和仓田约会了，但事后我觉得心里很烦，所以今天在那里拒绝了他，然后他就给我喝了那种饮料……我虽然很生气，但工作还是要好好做的，所以，我就算了吧。跟那种男人纠缠，就是在浪费时间！"

江上缘说的话，初子并不是不理解，但她还是觉得无法接受。

初子怒火中烧,那个男人可能也对聪子伸出了魔爪……

想到这里,初子决定尽快跟聪子说一说这件事,尽早带她离开东京。不管父亲和柳田教练说什么,她们都要回家!

初子突然想到了一件事。

昨天晚上送聪子回酒店的人确实是仓田,可是,刚才江上缘说,昨晚她和仓田约会了……

不过,那也可能只是时间错开了而已。

"你多大了?"江上缘问初子。

"啊?我二十了。"

"二十!好年轻啊!"江上缘叹了口气。

"你也很年轻啊!"

"有过第一次了吗?"

突然被问起这种事,初子涨红了脸。

江上缘笑着说:

"我吓到你了?不好意思啊。不过,看你的反应,应该是还没有过,那就好。要是第一次是这个样子就太惨了,是吧?"

"嗯……"

汽车开到了F酒店的门口。

"非常感谢!"

药效已经完全消失了,初子彻底清醒过来。她目送江上缘开着车走远,然后来到酒店的前台。

初子身上带着房卡。她想:聪子有可能给她留下了什么口信,然后出去了。

可前台说聪子没有留下口信,初子觉得聪子可能还在房间里。

初子打开 701 房间的门,走了进去。

"聪子,聪子? 在吗?"

从床上凌乱的被褥来看,聪子应该已经起床了,但是房间里没有聪子的身影。

她去吃饭了吗? 初子想不出别的可能了。

初子想去那些提供午餐的餐厅找她,要是聪子稀里糊涂地被仓田叫出去,那就糟了。她急忙打开门,正要往外走,却瞬间呆立在原地。

"你来干什么?"初子瞪着仓田说道,"我要喊人了!"

仓田突然一拳打在初子的胸口上,初子站立不稳,倒在房间的地上。

仓田进了房间,关上门,挂上了锁链。

初子感到万分恐惧。仓田一言不发地脱了上衣,扔在一边,向初子靠近。

"你别过来! 我会告你的!"

初子站了起来,想要逃走,可她撞上了给客房送早餐的小推车。

仓田默不作声地向初子逼近。

事情如果这样发展下去,他就会用其暴力为所欲为!

初子从餐车上的盘子里抓起一把餐刀。餐刀虽然不太锋利，但被它伤到也会很疼吧！

初子抓着餐刀摆好了攻击的姿势，仓田看到她的举动，居然冷笑了一下。

"别过来，不然我就不客气了！"初子大叫道。

只要仓田有一点儿害怕，初子就能趁机跑到门口逃走。

可仓田还是默不作声地向她逼近，她再犹豫下去就来不及了！

初子用尽全力将餐刀刺向仓田。而这时，仓田似乎也想将刀子夺过去，猛地朝初子扑过来。

初子吓得喘不过气来。

餐刀的刀刃朝上，而仓田却向下俯身扑过来，刀尖笔直地向仓田的喉咙刺去。

不得了！刀刃像要剜掉仓田的喉咙一样扎了进去！

"啊！"

拿刀的人发出一声尖叫，餐刀掉落在地板上。

仓田急忙躲开，痛苦地呻吟着。那呻吟好像受伤的猛兽的呻吟。

发生了这样意想不到的大事，初子一时竟然忘记了逃跑。

太奇怪了！血……他竟然没有流血！怎么会有这种事？

仓田的喉咙明显有几厘米的伤口，可是，初子虽然能看见红色的伤口，却没有看到血流下来。

这是怎么回事？怎么回事？

仓田朝目瞪口呆的初子靠近。

"别过来！别过来！"

初子吓得无法动弹。仓田的眼神就像两根看不见的针，射穿了初子的身体。

"求你了……"

仓田向初子伸出手……

聪子忽然睁开了眼睛。

"啊，竟然睡着了！"聪子喃喃自语道。

她从躺椅上坐起来，环视泳池，感到很惊讶。

这里没有别的客人，只有她一个人。

不过，有时候也会出现这样的情况。

"啊，运气真好！"

聪子说完便站起来，伸了个懒腰。

没有其他客人的泳池游起来最舒服了，因为没有多余的波浪干扰她游泳。

现在，泳池里的水像镜子一样，没有一丝波浪。

聪子简单活动了一下手腕和脚腕，便跳进水里。

聪子游起来后，被搅起的波纹在平静的水面上慢慢散开。

好舒服啊！

水就像有了形状似的，稳稳地支撑着聪子的身体。聪子的手脚只需轻轻地划动,就能在水面上滑行。

折返后,聪子想潜水。

她潜到水里后,全身有一种舒适的压迫感,那是一种身体被唤醒的感觉。如果泳池的工作人员看到她在潜水,一定会提醒她注意安全吧。但现在这里只有她一个人,她可以随心所欲地潜水。

对聪子来说,水里是最自由自在的地方了……

聪子潜在水里,一会儿向左游,一会儿向右游,就在她想要浮出水面的时候,她的眼前突然出现了一个女孩儿。

聪子还以为自己是在做梦。

现在,穿着泳衣的她浸在水里,而那个女孩儿却身穿白衬衫和彩色方格裙,脚上还穿着白色短袜和黑色鞋子。她像是一个高中生,看起来有十七八岁,和聪子差不多大。

水里为什么会有这样一个女孩儿呢?

这是她的幻觉吗?

然而,这一切太真实,好像并不是幻觉。

女孩儿径直朝聪子游过来,聪子急忙蹬水想要浮上去。

可是,那个女孩儿的手抓住了聪子的脚踝。

有一瞬间,聪子的脸浮出了水面,但是马上又被巨大的力量拉回水里。

聪子喝了一口水,呛了一下,但是那个女孩儿还是紧紧地抓着聪子的脚踝不放。

聪子挣扎着,想甩开女孩儿的手。

她的身体碰到了泳池的底部,女孩儿向聪子的身体压过来。

好难受!她几乎不能呼吸了!遇到这种情况,要是换成一个水性一般的人,肯定坚持不了这么长时间吧!

聪子拼命地想要摆脱那个女孩儿。她突然发现,这个女孩儿好像没有呼吸!

女孩儿的嘴和鼻子好像都没有冒出水泡来!这怎么可能?

这个女孩儿到底是谁?

聪子感到毛骨悚然:难道她不是一个活人?难道她要把我带走吗?

不要!不要!

聪子用尽最后的力气,把那个女孩儿踹开,她的身体终于恢复了自由。

她一蹬泳池的底部,用力浮出了水面。聪子大口地呼吸着。

她想:要是再被她拽住可就……

聪子又潜了下去,虽然危险,但她还是忍不住想一探究竟。

可是这一次,泳池里什么也没有!

聪子从水里出来,喘着粗气,好不容易走到躺椅旁边,瘫在上面。

她的心脏像是要炸裂一般,剧烈跳动着。

刚才那个女孩儿到底是什么?

是梦?是幻觉?

她刚才的确差点儿溺水而亡！

那个女孩儿到底是什么？

那个女孩儿长着一张聪子没见过的脸。虽然刚才是在水里，但聪子仍然能清晰地回想起那张脸。

聪子用浴巾擦了擦脸，许久不能动弹。

"不好意思……"

这时，突然有人跟她说话，她吓了一跳。

那是一个初中生打扮的女孩儿，穿着 T 恤站在她的面前。

女孩儿怯生生地问：

"你是泽井聪子吧？"

"是的。"

"你能给我签个名吗？"

平时聪子遇到粉丝要签名，总会觉得不太情愿，现在却很高兴，因为她正在和一个活着的女孩儿说话。她很爽快地在那个女孩儿的笔记本上签了名。

十一、绝　望

泳池很快又来了一些客人。

聪子觉得,刚才那几分钟,自己就像进入了另一个世界。现在,她已经不想再下水了。

由于受过专业训练,她的心脏很快就恢复了正常跳动。聪子决定回酒店的房间。

因为现在还在放暑假,所以有很多小孩儿在泳池里扑腾着,泳池一转眼就热闹起来。

聪子转身向更衣室走去。

换好衣服后,她把更衣柜的钥匙还给前台的服务员,走向电梯厅。

聪子乘电梯去七楼时突然想起,自己救了安永正敏之后,一个女人给她打过电话,那个女人在电话里问:"你为什么要救他?"

那个女人还在电话里说:"救了那个孩子,你一定会后悔的!"

她为什么会突然想起这件事呢?

对了,肯定是因为那个诡异的女孩儿差点儿把她溺死,所以她才联想到了自己从水中救起正敏的事吧!

然而,一想到这些,聪子就觉得脊背发凉。

刚才那到底是怎么回事呢?

聪子走进701房间后,不禁诧异地问:

"姐,你回来了?"

早餐车上面有些凌乱,餐刀掉在地上。

"姐?"

聪子捡起餐刀,放到盘子上问:"你在吗?"

然后,她往初子的卧室看去。

"啊,你吓了我一跳!"

聪子看到姐姐坐在床边的沙发上。

"姐……你怎么了?"

初子穿着聪子没见过的连衣裙。

"你回来啦。"初子缓缓抬起头,看着聪子。

"嗯……我去泳池游泳了。"

"我说刚才我怎么没找到你呢!"

"对不起啊!我没想到你这么快就回来了……"

聪子在犹豫要不要把在泳池里发生的怪事告诉姐姐。

姐姐应该不会觉得她在说谎,但为什么会发生这种事,连她自己也说不清楚。

如果她把刚才的事告诉姐姐,姐姐肯定会说:"咱们马上回家吧!"

"姐,这条裙子很适合你啊!"

"是吗?"初子微笑着说道,"聪子,爸和教练要来东京,咱们得在这里等他们。"

"啊,太好了!"

"咱们就在这里好好放松一下吧!"初子站起来说道,"今晚你要和仓田去哪里呢?"

"啊?"

"不用再瞒着我了,我都知道了!"

"我不是故意瞒着你的,只是还没来得及跟你说而已……这是一回事儿!"聪子挠着头说道,"对不起,我不知道下次什么时候才能再来东京,所以……"

"你还需要担心这些吗?只要你肯报考体育系,那些大学都会争着录取你啊!"

"嗯……"

聪子自己也很清楚这一点,对那些私立大学来说,泽井聪子将是一个绝好的宣传员。在这三年里,有很多私立大学邀请聪子去他们学校上学。

"而我呢?从老家的短期大学毕业以后,在老家附近找个小公司上班,二十五六岁的时候就会相亲结婚。我才是那个以后没什么机会再来东京的人……"

初子的一番话让聪子一时不知该说什么好,她第一次听姐姐说这样的话。

"姐,你和我一起在东京生活吧!"聪子说道,"你在这里的话,我也更安心!"

"咱们两个都来东京生活,不管爸妈了吗?"

听到姐姐这样说,聪子又一次不知该如何回答。

"聪子,你那么有能力,所以不用考虑太多。今晚也带我一起出去玩吧!"

"啊?"

"没关系吧?我都二十岁了,什么都可以做了!喝酒、抽烟……结婚也可以!"

"姐,你怎么说这些啊?发生什么事了吗?"

"没什么。"

初子一边往起居室走,一边说:

"快收拾一下,准备出门吧!"

"现在就出去吗?"

"仓田说来接咱们,他还有半小时左右到。"

"哦……姐,你还要换房间吗?"

聪子想起来,姐姐先前很介意住在这么大的套房里。

"为什么要换?"初子反问道。

"没什么。"

"你赶紧收拾一下吧。"

"嗯……"

姐姐这是怎么了？聪子觉得她跟平时不太一样，有点儿怪怪的。但是聪子顾不上这些了，她现在要想的事情太多了。

聪子急忙走进自己那间更大的卧室。

工作室的门关着，上了锁。

佐山清美想：再等十分钟，她要是还不来的话，我就回去吧。

五分钟后，江上缘从电梯中走了出来。

"啊，你……"江上缘说道，"不好意思，我约了你，自己又迟到。你等了很久吧？"

"没有，我就等了五分钟。"

"不好意思！工作室里比较乱，咱们去楼下的茶室聊吧！"

清美按照约定，凌晨两点给江上缘打了电话，江上缘让她今天来这里。

"电梯也很旧了。"

江上缘在一栋旧楼里租了一间房子当工作室。她笑着说：

"待在工作室里，简直就像是在桑拿房里蒸桑拿！"

"那有利于减肥啊！"

"是啊！"江上缘点点头，"谢谢你的帮忙，你找到多少人了？"

"十二个人。"

"哇,太好了!谢谢你!"

说实话,江上缘以为清美最多能找来七八个人。

"十二个人是确定要来的,还有两三个人不太确定是否要来,不过,我能找到的人只有这些了。现在是暑假,很多同学都出去旅游了。"

"这些人已经足够了,多谢!"

两个人走进茶室休息。

"真的不用做什么其他的事吧?"清美喝着冰红茶,再次确认道。

"嗯,关于这一点,我也反复跟举办者确认过了,他们就是想让生日会热热闹闹的。"

"知道了。不好意思啊,跟你确认了这么多次!我就是怕我的朋友们出什么差错,那样我就很难办了!"

"我理解,确实是这样的!"

江上缘喝的是热咖啡,她喜欢喝热饮时大汗淋漓的酣畅感。

"可是,好奇怪啊!在自己家里举办的生日会,竟然要请一些毫无关系的女孩儿参加!"

"以我的经验来说……"江上缘说道,"有钱人大都很奇怪!"

"是啊!"清美笑着说道,"生日会准备得顺利吗?"

"还算顺利吧。时间越紧张,我反而越能拼尽全力去做!"

"要是有我能帮上忙的地方,尽管跟我说!"

清美没法儿去仓田工作的地方,所以,她想尽可能地创造一些接近那里的机会。

"谢谢你!生日会那天,你可以早点儿到吗?"

"当然可以,我会早点儿到的!"

"你办事真是让人放心啊!"江上缘颇为佩服地说道,"啊,不好意思!"

江上缘的手机响了。

趁着江上缘出门接听电话的工夫,清美看了一眼江上缘的记事本。

看来,她还要再打一会儿电话。

清美拿起江上缘的记事本,快速翻看着。

昨晚那一栏里,写着"仓田,12:00,R"。

十二点,应该是凌晨。

看来,江上缘和仓田可能有特殊的关系。

在今天这一栏里,写着"7:00,F 酒店"。

七点,F 酒店。清美记住了这个信息,把记事本放回原来的位置。

她刚把记事本放好,江上缘就回来了。

"报酬的事,咱们提前定好吧。你先替她们拿着,好吗?"

"不要,还是每个人单独领取吧,要不事后会很麻烦的。"

"好的。"

江上缘似乎很喜欢清美这种直爽的个性。

"关于当天的工作……"

江上缘刚要往下说，清美的手机突然响了。

"不好意思！"

清美站了起来，走到茶室外面。

"喂？"清美接听了电话。

"清美！"

清美吓了一跳。

"爸？有什么事啊？您吓了我一跳！"

"清美，你现在在哪里？"

"我在外面，怎么了？"

父亲的声音听起来很反常。

"我们公司的……谷田……她……"

"谷田……就是上次我遇见的那个女人吧？"

"嗯，她……她被人杀了……"

清美大惊失色。

"清美，她不是我杀的，你要相信我！"

"等一下，我知道她不是您杀的……可是您为什么这么慌张呢？"

"我的钱包落在出事地点了！"

"落在哪里了？"

"旅馆，就是咱们上次遇到的那个地方……在那个地方的附近。"

清美不知该说什么好。

"然后呢？"

"警察来公司找我了，说有话要问我。清美，真的，不是你爸爸干的，你要帮我跟你妈说明白啊！"

"我会的……警察怀疑她是您杀的吗？"

"可能吧……"

"她是什么时候被杀的？"

"今天早上，十点半左右。"

"爸……你们今天早上见面了？你们还去了旅馆？"

"嗯……我跟公司说去外边访问客户……"

清美惊讶得说不出话来，过了一会儿，她才缓过神儿来说：

"总之，您实话实说就行，别隐瞒什么。要是想掩饰的话，后面就要谎话连篇了！"

她简直分不清谁是家长、谁是孩子了。

"嗯，我没说谎，只是……"

父亲支支吾吾的。

"只是什么？"

"我让警察等我一下，然后就从后门逃出来了……"

"您说什么？"

"我身上没带钱，你现在有多少钱，能借给我一些吗？"

瞬间，清美感到很绝望。

十二、电　话

"那就拜托您了！"黑木希的父亲边鞠躬边说道。

"我会照看好您的女儿的！"柳田客气地鞠躬说道，"到了东京，那边负责接待的女孩儿会把参加宴会的衣服及其他日用品送过来，您不用担心！"

"这孩子什么也不懂，让您费心了！"

火车进站了。

"那我走了啊！"

黑木希提着行李箱，跟父母道别。

"泽井怎么还没来呀？"柳田朝检票口望去，"啊，来了！泽井先生，你怎么才来？"

"哎呀，抱歉！"

泽井和男喘着粗气，边擦汗边向这边跑来。

伸代跟在他后面。

"快上车吧！火车只停五分钟！"柳田说完,向伸代点点头,打了个招呼。

"我先生就拜托您了！"伸代说道。

柳田、泽井和黑木希三个人上了火车。

"我安排了晚上的火车,虽然路上的时间有点儿长,但在卧铺上睡着后会轻松一些。"柳田说道。

三个人来到了单间卧铺车厢,从车窗里向送行的人挥了挥手,火车很快就开动了。

"什么？"泽井苦笑着说道,"伸代这家伙,立马就回去了！"

"来,先把行李放上去吧！"柳田说道,"小希,旁边这个单间,你自己住吧！"

"太好啦！"黑木希很开心。

"我们在你的隔壁,有什么事敲敲墙就行。睡觉前记得锁好门啊！"

"好的,那我过去了啊！"

黑木希去了旁边的单间。

"睡一觉就到站了。"柳田说着,坐了下来,"喝一点儿啤酒吧？"

"好啊,喝一点儿酒睡得更好！"

"我去买一点儿啤酒来,哎呀,交给我吧！"

柳田向卖东西的车厢走去——其实那车厢就在隔壁。

他买了盒饭和罐装啤酒,正准备回去。

"教练！"

黑木希站在过道上叫住他。

"你带盒饭了吗？"

"我妈给我准备了。"

"是吗？那你早点儿睡吧！"

黑木希看了看四周。

"我还以为只有咱们两个呢……"她瞪着柳田说道。

"没办法，还有一些其他的事……你也知道吧……"

"可是……难得住单间……"

柳田笑着说：

"你觉得这啤酒是用来干什么的？这是让泽井赶紧睡着的！"

"我等你，快点儿来啊！"

黑木希抱着柳田的头亲了一下，快步回去了。

柳田提着沙沙作响的塑料袋，向自己的房间走去。

火车车厢过道上的洗脸台那里垂着帘子，站在里边的泽井伸代轻轻地掀开帘子，看着柳田的背影。

"你就尽情享受吧！"伸代喃喃自语道。

没错，这件事可不能就这样过去……

伸代这么想着，朝自己的座位走去。

"姐……"聪子轻轻地叫了一声，"你睡了吗？"

这次是妹妹叫姐姐,聪子自己也觉得有些奇怪。

她们回到酒店时已经是凌晨两点多了。

聪子有点儿担心初子,她完全不明白姐姐为什么要跟他们一起去。

仓田和她们在一起,没什么不安全的,可初子却喝得酩酊大醉。

聪子第一次见到姐姐喝酒喝得如此失态。

虽说她是大学生,有时候也会在外面喝点儿酒再回家,但是今晚她很不正常。

"姐……"

聪子看了一眼姐姐的卧室,只见初子穿着衣服躺在床上。

"哎呀,她这是怎么了?"

聪子帮她脱了衣服,把衣服挂在衣架上。

"怎么办呢?应该给她盖上毯子吧?"

虽说初子是聪子的姐姐,不用避讳,但也不能让她这么裸着睡,聪子打算给她穿上浴衣。可是,初子疲乏的身体格外沉重,聪子根本无法移动她。

电话响了。

聪子急忙跑到起居室接听电话。

"喂?"

三更半夜的,谁会在这个时候打电话来呢?

"喂,哪位?"聪子又问了一遍。

"今天对不起了……"

一个年轻女孩儿的声音从电话那边传来。

"啊?"

"我们今天见过。"

"在什么地方啊?"

"在泳池里……你忘了?"

聪子吓得脸色发白。

"你是……"

"咱们不是在泳池里见过吗?"

聪子可以怀疑她说的话,但是知道泳池这件事的应该只有她们两个人。

"你是谁?"

"真不愧是游泳运动员啊!你竟然能潜水那么长时间,我还没见过比你更厉害的人呢!"

"你没有呼吸吧?"

对方停了一会儿说:

"对我来说,没有必要。"

"你是谁?"

"我叫……四叶。"

"四叶?"

"间宫四叶。我想跟你道个歉。"

"道歉?是因为白天的事吗?"

"我以为你和那些人是一伙的，看来是我搞错了。"

"那些人？"

"你不该救安永正敏！"

果然，那时候的那个电话也是这个女孩儿打来的。

"等一下！"

聪子用笔记下了"间宫四叶"这个名字。

"你为什么来找我？"

"你要小心，特别是那个安永辉子……因为你很年轻……"

"你不是也很……"

聪子刚想说"你不是也很年轻吗？"，但又一想，跟她说这句话有点儿奇怪。

"你去找佐山清美。"

"佐山？"聪子把这个名字也记了下来，"她是谁？"

"她是我的好朋友。你去问问她这是怎么回事。你一定要去！"

"我……"

"没时间了……我挂电话了啊。"

"为什么？你不是活人吗？喂？"

聪子发现电话挂断了，叹了口气。

间宫四叶，佐山清美……

这两个名字并不是幻觉。

间宫四叶是怎么死的？她得去调查一下。

"姐,你吓死我了!"

刚才姐姐明明睡得那么熟,现在却站在聪子的旁边,而且她看起来已经完全醒了。

"我还以为你不会醒呢!"

"我当然会醒啊!你是不是希望我永远醒不过来啊?"

"你别乱说!"聪子生气地说道,"你要去泡澡吗?"

"好啊!"

初子突然又像往常那样口齿伶俐了。

"那你先去吧,你泡完我再去。"聪子说道。

正往浴室走的初子突然转身向聪子走来。

"聪子……好喜欢你呀!"

她边说边在聪子的脸上亲了一口。

初子走进浴室,而聪子愣在原地。

十三、条 件

"我得回去了。"柳田起身说道。

"隔壁的那个人睡得正熟吗？"

黑木希在单间的卧铺上伸了个懒腰。

她不是一个普通的女孩儿，因为多年游泳锻炼的关系，她的身体丰满圆润，特别是肩膀、胳膊和腿。

虽然单间卧铺已经挺宽敞了，但是对这个女孩儿来说，还是有点儿狭窄，不过，这反而让她有了一种"偷偷摸摸"的刺激感。

"真高兴！"

她吻了教练。

"真有你的！"柳田笑道，"你还是个花季少女，就已经这么成熟了！"

"好开心！"黑木希抱紧柳田说道，"在东京，你也要好好对待我哦！"

"我怕我的身体扛不住啊！"柳田打趣道，"玩是可以，但不能玩过了头儿啊！别把身体状态弄差了。"

黑木希从卧铺上坐起来，穿上了睡衣。

"和教练一起运动不就找到状态了嘛！"

柳田想：黑木希变了。

以前，她总是被泽井聪子的光环所掩盖，很没有存在感，而现在，她一天比一天自信，身上散发着自信的光芒。

"不再是第二"的自信改变了她，就连和柳田单独在一起的时候，也是她更主动。

当然，他们还是要小心为妙。

教练和运动员之间的丑闻虽然很常见，但曝光出来的并不多。

毕竟，运动员是"年轻人崇拜的对象"，说"他们也是活生生的人"这种话，大家是不会听的。

柳田也知道，只要自己还掌控着有实力的选手，他的地位就是安全的。这一点，柳田早就看明白了。

而他即将在游泳界失去地位的时候，才是危险的时候。如果有人想要取代他，丑闻马上就会曝光出来，他就会像事先被瞄准了一样。

"你好好睡吧。"柳田亲了亲黑木希的脸说道，"早上我来叫你。"

"嗯……"

黑木希盖着毯子,已经睡眼蒙眬了。

"别忘记锁上门啊!这样安全一点儿!"

"好的,教练!"黑木希调皮地说道。

等柳田出去后,她关上了门。

柳田听到了锁门的声音,然后轻轻打开了隔壁单间的门。

不用说,房间里很黑,泽井和男正在睡觉。

柳田轻手轻脚地溜到自己的卧铺上,打了一个大大的哈欠。

这时,灯一下子亮了。

柳田惊讶地坐了起来。

"回来了?"泽井坐在床上说道,"我还以为你会在隔壁待到早上呢!"

柳田沉默不语。

"厉害啊!"泽井笑着说道,"我还以为你只对她们的母亲下手呢!没想到你连小女孩儿也不放过!这可不是一般人能做到的啊!"

泽井的表情突然严肃起来:

"柳田,你不会对聪子也……"

"没有!"柳田说道,"我发誓,真的没有!"

"那也可能是真的,聪子在那方面是个有洁癖的孩子。"泽井得意地笑着说道,"你是想把我灌醉,然后让我呼呼大睡,是吧?很遗憾,我的酒量可没那么差,一点儿啤酒是没法儿让我醉倒的!"

柳田不吱声了，他知道，拙劣的辩解反而会让对方抓住自己的弱点。

　　"还有，柳田教练，你们刚才的声音也太大了，那么大的声音我能不醒吗？"泽井笑着说道。

　　柳田深深地叹了口气。

　　"泽井先生，我和黑木希的事，跟你没有关系，你不会说出去吧？"

　　"这个……我得想想。"泽井摸着下巴说道，"确实，如果你出了事，我们也会受到影响。从这一点上来说，我是想帮你的。"

　　"但是呢？"

　　"但是，你要是就这样让我闭嘴，也说不过去，毕竟，你还碰了我的老婆！"

　　"你就直说吧！你是想要钱吗？"

　　"钱？我又不缺钱！"

　　"是吗？我听说，你在一个酒吧女身上花了不少钱，还偷偷挪用便利店的收入！"

　　泽井勃然大怒，恶狠狠地说：

　　"伸代这个家伙，什么都往外说！"

　　"我说，泽井先生，咱们商量一个对谁都好的办法吧！"柳田平静地说道，"咱俩就别互相挑刺儿了。谁身上敲打敲打，都会落下点儿灰来！"

　　"那这样吧，你以后要更重视聪子，你现在也太偏向黑木希了！”

“可是……成绩说了算啊！聪子的成绩明显下降了啊！”

“但是,是她让你出名的！”

“这个我当然知道！”柳田点了点头说道,“泽井先生,我这里有件事,你帮我一个忙,如何？ 聪子现在不听我的,她不愿意被当成明星对待。我希望以后她的工作就是带头给我做宣传。毕竟,她那么可爱,有那么多人喜欢她！”

“可是她本人……”

“她本人需要你去说服！反正她明年就要去东京上大学了。她学会了吃喝玩乐,成长起来就很快了。大明星的感觉很快就会让她上瘾的！”

“你的意思是……”

“拍广告。她现在还是高中生,本人也不愿意做这些事,但上了大学以后,她就自由了。拍广告最赚钱了,如果聪子接拍广告的话,要价几千万都行！”

“你是说让我也参与这件事？”

柳田耸耸肩说:

“这件事暂时不能公开啊！不过,我会另外成立一家工作室,用那个工作室的名义去做。当然,负责人由你来当！”

“啊,这样啊！”

“我当个‘顾问’什么的,你只要当名义上的负责人就行,跟企业沟通的事都由我来做！”

"不行，我也要参与！那个小便利店根本不赚钱！我往聪子身上投了那么多钱，不回本怎么行？"

"那咱们就好好合作，行吧？"

柳田伸出手，但是，泽井没有握他的手。

"我有一个条件。"泽井说道。

"什么条件？"

"我也想让你帮个忙。"

"帮忙？帮什么忙？"

泽井站起来，打开门，看了看外面的过道。

"嗯，现在外面没人。我刚才看见了……"

"看见什么了？"

"我老婆……她也在这趟火车上！"

柳田很惊讶。

"可是，她不是来送你的吗？"

"她送完我后直接上车了。她可能是想偷偷地监视你！"

柳田听完这句话，顿时觉得后背发凉。

"伸代……原来是这样……"

"当时我就觉得很奇怪，她为什么突然跟我坦白你俩的事。不过，今晚我明白了，肯定是因为她知道了你和黑木希的事……"

"可能是吧……"柳田勉强地回答道。

"伸代对你来说也是个危险人物，当然，对我也是！"泽井随后压低声音说道，"你帮我让伸代消失，怎么样？"

柳田着实吓了一跳。

"你是认真的吗？"

"用不着这么惊讶吧？你连小女孩儿都下得了手！"泽井笑道。

"可这是两码事……"

"你要是拒绝的话，我就只能把你和黑木希的事告诉'游泳联合会'了！"

答案不言自明。对柳田来说，这是一次危险的赌博。但是，如果他赌赢了，以后的收入和现在相比，将会有天壤之别。

"可是……要是被发现了怎么办？"

"你在东京动手的话，是不会被别人发现的。她来这里的事，应该没跟任何人说过。"

"是吗？"

"不过，跟我比起来，她更信任你！她虽然很生你的气，但是还是对你恋恋不舍。"

"可能是吧……"柳田含糊地承认道。

"你好好哄着她，把她带到一个没人的地方。具体怎么做，咱们再好好想想！"

柳田心情十分沉重，这毕竟和挪用公款、染指队里的女运动员的性质完全不同。

杀人……泽井似乎想得很简单，可是，一旦警方弄清楚她的身份,又得知她的老公和情人一起去了东京的话,自己很有可能就被怀疑了。

柳田心想:不管怎样,眼下只能先顺着他的话往下说了。

有没有不用杀人的办法呢?

虽说聪子是棵摇钱树,但冒着坐牢的风险去赚钱值得吗?

"先睡觉吧!"柳田若无其事地说道,"我累得不行了!"

泽井笑着说:

"你可真是够累的!到了东京,估计小希也会每天晚上来找你的!"

"这也是教练的工作之一啊!"柳田一本正经地说道,"关灯了啊!"

"晚安。"

"晚安。"

车厢里陷入黑暗。

柳田自从和黑木希好上以后,确实常常感到疲惫不堪。

尽管如此,他还是久久不能入睡。

泽井的事、伸代的事、聪子的事……

柳田要考虑的事情太多了!

他躺在床上,过了一个小时才睡着。

十四、扭　曲

清美打开门,看到父亲站在门外。

"爸,"清美说道,"他们让你回来了啊!"

"嗯……"

佐山俊二看起来很疲惫,他的黑眼圈很重。

"进来吧!"

"嗯。"佐山答应着,脚却没往玄关里面迈,他胆怯地问道,"你妈呢?"

"亲爱的,"安佑子走出来说道,"进来啊! 你是想泡个澡,还是直接睡觉?"

"啊……我就简单冲个澡吧。"

佐山一直惴惴不安,不知道妻子会对自己说什么。

父亲进屋后,清美关上了门。

清美等父亲去冲澡后,对厨房里的母亲说:

"妈,我爸……"

"你不要担心这些事!"安佑子说,"他多少能得到点儿教训吧!清美,你待会儿要出门吗?"

"嗯,我要去做兼职,还要跟朋友见个面。"

"你能早点儿出门吗?我想和你爸单独谈谈。"

"好。"清美点点头道,"您相信那个女人不是我爸杀的,对吗?"

"他可没这个胆子!"

"她们好可怜啊……四叶死得那么惨,这次连那个谷田结香也被人杀了!"

"我倒是不同情她们!"安佑子说道,"那种地方太乱了,你以后可别再去那里了!"

听到母亲这么说,清美一时不知道该说什么。

浴室里响起了水声。她不知道自己出去以后,父亲和母亲会说些什么。

他们不是普通的男女,而是在一起生活了近二十年的夫妻。

看到母亲没有失去理智、没有歇斯底里地对父亲大吼大叫,清美这才放下心来。

总之,她不用再担心父亲了。清美现在只想接近那个叫仓田的男人,给四叶报仇!

清美麻利地换好衣服,跟母亲打了个招呼便出门了。

她乘电梯来到公寓的一楼,向门厅走去。

清美准备去见江上缘。她想在生日会之前先见仓田一面。

也许这样做很危险，但是四叶死得那么惨，清美却没能救她。清美无法原谅自己。

清美刚要走出公寓楼，就看到一个好像在哪里见过的女孩儿走了进来，两个人在大门口对视了一下。

"啊，你是泽井聪子吧？"

清美想起来，自己在那个酒店里见过泽井聪子。

"你不会就是佐山清美吧？"

清美很惊讶。

"你怎么知道？"

"能见到你太好了！我想问你一些事情！"

"什么事？"

"是关于你朋友的事，你认识一个叫间宫四叶的人，对吗？"

"四叶……你为什么要问四叶的事？"

"她已经死了吗？"

清美缓缓地点点头。

"果然……"聪子瞥了一眼门厅说，"我昨天见到她了！"

"见到了……谁？"

"间宫四叶。"

清美感到后背发凉，不寒而栗。

茶饮店的空调温度很低，但清美觉得冷并不是因为空调。

"是真的。"聪子说道,"我也希望这是一个梦,但是它太真实了!我在泳池的水中见到了她,又在夜里接到了她打到酒店房间的电话!"

茶饮店客人很少,两个人不禁压低声音说话。

"你相信我吗?"清美点了点头。

"四叶用这种方式跟你说这些,说明她很不甘心。她那么年轻就死了,肯定特别遗憾……这都是我的错,是我带她去做那种事的!她要恨的人应该是我啊……"

清美的眼泪夺眶而出。

"四叶是自杀的吗?"聪子问道。

"嗯……当时发生了很可怕的事情……我刚才没说,现在告诉你!"

清美跟聪子讲了间宫四叶自杀的事情,但有一个细节她不知道该不该说,就是四叶好像变成了一个满脸皱纹的老妇人的事。

如果她说了这件事,聪子可能就不相信她的话了。

但是,聪子的话表明,这件事确实和某种"超自然力量"有关。于是,清美下定决心,把所有的事情都告诉聪子。

"竟然会有这种事……"

聪子听清美说完后,吓得脸色煞白。

"四叶焚身自尽……一想到她的心情,我就……她肯定不想让别人看到自己变成了那个样子,所以才选择那种死法吧!"

"可是……这也太可怕了……"聪子做了一个深呼吸,"当时跟她在一起的是仓田,是吗?"

清美点点头。聪子想到自己和姐姐这些天都跟仓田在一起,瞬间觉得毛骨悚然。

"我要给四叶报仇!"清美说道。

"可是这太危险了!"

"不这样做,我永远也不能安心!她是我最好的朋友!"

"好吧,让我来帮你!你不要一个人单打独斗,他可是一个成年男人啊!"

"嗯。可是,四叶说的话到底是什么意思呢?"

"她说过我救了安永正敏的事,她怎么会知道这件事呢?"

"正敏……可是,正敏只是个十几岁的孩子啊!"

"是啊!他是一个看起来很虚弱的孩子……他马上就十三岁了。"

"后天是他的生日会,我会去参加,所以我能进入他们的别墅。"

"可是这样做很危险啊!"

"会有很多人去的,我觉得这样反而很安全!"

"这倒也是……他们也邀请我了,到时候我会帮你的!虽然我当时什么也不知道,但如果是因为我救了那个男孩儿,你的朋友才死的,我就必须要补偿你们!"

"谢谢你!这样我就更有信心了!"清美说道。

"咱们表面上就装作什么都不知道吧！别让仓田发现了！"

"好！"

"我爸要来东京，今晚我就不能出来了，我晚上联系你！"

"这是我的手机号码，"清美把便笺递给聪子，"你可以随时给我打电话！"

聪子接过便笺，又握住了清美的手，许久没有松开。

车门顺畅地滑动打开，泽井、柳田和黑木希三个人下了车，站在东京站的站台上，东京的天气闷热难耐。

"柳田先生！"一个穿着发白的夹克的男人走过来说道，"谢谢你们特地赶来！我已经在这里恭候多时了！"

"哎呀！"柳田抬起手介绍道，"这位是泽井先生，还有，黑木希你也知道吧？"

"当然知道！我是J公司的滨口。"

J公司是泳装行业里数一数二的生产企业，滨口是这家公司的销售总监。他语调亲切，笑容和蔼，让黑木希觉得很放松。

黑木希觉得，他们把自己当作大人对待，确切地说，自己受到的尊重远远超过了普通的大人，因此，黑木希现在非常信任他们。

"跟聪子小姐联系了吗？"

"嗯，已经联系好了，没问题！先不说了，这里太热了！快走吧！"

"等一下！我刚才看见……啊，来了！"

黑木希看到泽井初子走过来，和柳田稍微拉开了一点儿距离。

"初子，你来接我们了啊！"

"是的。"初子面无表情地回答道，"这位是仓田先生，我和聪子受到他很多照顾。"

在这样炎热的盛夏里，这个男人却穿着一身西装，还系着领带。

"仓田先生在 Y 财团工作。"滨口介绍道，"明天的宴会是 N 报社和 Y 财团共同主办的。听仓田先生说，他给你们把住宿安排在举行宴会的那一家酒店里。"

"太感谢了！"

柳田从这个叫仓田的男人身上嗅到了金钱的气味，他想：跟这个人交朋友肯定错不了！

"因为一种特别的缘分，我认识了您的女儿！"仓田说道，"车在那边等着我们呢！走吧！"

黑木希发现仓田看向自己的时候，条件反射地低下了头。

"我看过您的精彩表现，这边请！"

这个叫仓田的男人跟她说话了。

"谢谢！"黑木希说道。

"行李给我吧！"

"啊，不用，我自己可以拿。"黑木希慌乱地说道，"我很有力气的！"

"别客气！来，给我吧！"仓田微笑着拿起了黑木希的行李箱。

几个人向站台的台阶走去。

滨口已经和柳田聊了起来。

泽井看到初子似乎不太想开口说话，便没再说什么。此刻，他心里盘算着：伸代肯定也下了车。

"东京好玩吗？"黑木希跟初子搭话道。毕竟，初子是游泳俱乐部里的前辈。

"这个问题的答案因人而异吧。"初子冷淡地说道，"仓田先生肯定会带你去好玩的地方的。"

"是吗？聪子最近怎么样？"

"她很好。"初子微笑地看着黑木希说道，"她每天晚上都出去玩，还烫了卷发、打了耳洞……"

"真的吗？太厉害了！我要是这样，我爸妈肯定不会让我进家门的！"

黑木希总觉得初子和平时不太一样，但是因为她听了聪子的事情之后过于惊讶，便忘了这件事。

"你也很快就会习惯的！"初子说道，"大城市就像一个巨大的泳池，你很快就能学会在里边到处游了。"

"是吗？"

黑木希走下台阶。

"N报社那边，一定要让他们在宣传版面……"

滨口和柳田正在一边聊天儿，一边走下台阶。

"别跑！"站台里面突然传来一个女人的喊叫声。

"小偷儿！抓小偷儿！"

黑木希惊讶地回头看去。

只见一个年轻男人拿着一只女式提包，朝这里跑来。因为速度太快，那个男人在台阶上摔倒了。

"危险！"

初子一把抓住黑木希的胳膊，把她拉到旁边。

年轻男人从台阶上滚落下来，在黑木希他们所在的楼梯平台处撞到了头，停住了。

只听得"咔嚓"一声，他的骨骼好像碎裂了。

黑木希看到那个年轻男人没有了呼吸，眼睛空洞地睁着，他的头以一个奇怪的角度歪倒在那里。

"怎么会发生这种事？真是太混乱了！"仓田双眉紧锁，"咱们快走吧！"

车站工作人员只是从上边战战兢兢地看着。

"血！"黑木希不禁叫道。

血从那个年轻男人的后脑勺儿缓缓流出。血的颜色并不是鲜红色的，而是暗红色的。

黑木希惊恐万分。

毫无疑问，他死了。

黑木希从未这么近距离地看过死人,她想跟初子说些什么。她看向初子,瞬间像是冻僵了一样呆立在那里。

初子一动不动地凝视着那个死去的男人,凝视着从他后脑勺儿缓缓流出的鲜血。

黑木希看到,初子的眼睛如野兽一般闪着光,她好像马上就要向猎物扑过去似的。

这是怎么了?她第一次看到这样的初子!

不,初子眼看就要向那个死人扑过去了!她呼吸急促,脸颊潮红。

初子还抓着黑木希的胳膊,黑木希感觉到她的手越抓越紧。

"好疼!"黑木希叫了出来,"初子姐,好疼!"

初子突然一惊。

"小希……"她慌张地说道,"对不起啊!"

初子放开了黑木希的胳膊,然后,她仿佛刚刚注意到黑木希似的问:

"你没事吧?"

"嗯,没事。"

初子的目光恢复了往日的平静,黑木希心里刚才那种奇怪的感觉也消失了。

"快走吧!大城市真可怕啊!"初子催促道。

黑木希继续下台阶。

"喂,你们在干什么呢?快点儿啊!"先下了台阶的泽井回头说道。

"不要慌张，见聪子之前，你可要做好心理准备哦！"初子像往常一样，用调侃的语气说道。

黑木希下完台阶，又回头望去。

死去的男人已经被人群挡住了，她只能从人群的缝隙中看到那个人露出的手指尖儿。那只苍白的手，好像在召唤她似的……

别胡思乱想啦！

黑木希摇了摇头，加快脚步向初子追去。

十五、少　年

"欢迎！"

她叫信子吧？江上缘记不清她的样子了。眼前这个女人看起来有点儿瘆人。

江上缘纳闷儿：我昨天刚见过她，现在怎么就记不清了呢？

"我是江上，我昨天来过……"

"我知道。"

"生日会场地布置，还有几个地方的尺寸没有量完……"

"是吗？请进！"信子说着，拿出了拖鞋。

两个人在走廊里走着。

"外面很热吧？"信子说道，"我给您拿点儿冷饮吧？"

"不用了，仓田先生在吗？"

"他外出了。"

江上缘松了一口气。

"那我就自己简单看一下吧,您忙您的事就行!"

江上缘在起居室门口停下脚步。

"不需要我联系仓田先生吗?"

信子的这种问法,似乎已经知道了对方的回答。

"不需要。"

"知道了。"

信子礼貌地鞠躬后离开了。江上缘来到起居室里,拿出卷尺,测量了几个地方的尺寸。

工作,工作!

忘了仓田的事吧!不要再和那种男人有任何瓜葛!已经接手的工作一定要好好干到底!

江上缘麻利地把尺寸记在了图纸上。

饭菜端过来,餐桌摆出来……虽说是宴会,但人们无序地进进出出可不太好,这毕竟是以一个人为中心的宴会,所以需要做一些设计上的准备。

江上缘来到走廊,向那个阳光房走去。

她觉得自己的心脏突然像是被绳子勒紧了似的。

忘掉他吧!忘掉他!

这没什么大不了的,就把之前的事情当作是一场交通事故好了!

江上缘来到阳光房,看到明媚的阳光照射进来,她停下了脚步。

对她来说,这里虽然有不好的回忆,但也有着独特的氛围。这里确实是一个绝佳的休闲场所。

此刻,这里花香扑鼻。

夜里的阳光房又会别有一番情趣吧。

佐山清美找的十几个人,再加上江上缘自己找的人,一共有二十四五个女孩儿。

就把这里作为生日会的主会场吧!

江上缘这样决定后,脑海中立即浮现出各种各样的关于会场布置的想法,她赶紧将它们记了下来。

她经常这样,好创意接踵而至,有时都来不及做笔记。对她来说,在这里举办生日会,实在有些讽刺,但正因为她对仓田心存愤怒,才更应该布置出让他赞叹不已的生日会场!

她觉得这里的观叶植物太多了。这些植物应该可以移动吧?她打算过会儿去问问信子。

江上缘把这件事也记在了笔记本上。她还没到健忘的年纪,只是想养成这样的习惯——想到什么就赶紧记下来。

如果植物不能移动,她也可以让工作人员另外搭建装饰台。也许有这些植物更好,更有氛围感。淡淡的灯光照射着这些植物,植物丛中坐着宴会的主角。

“你在干什么?”

突然有人跟江上缘说话,吓了她一跳。

有一个人坐在那些植物丛中,植物那茂盛的叶子挡住了光,使那个人坐着的地方有些发暗。

为什么她刚才没有注意到那里有人呢？江上缘觉得这很不可思议。不过,她可以确定那里坐着一个人。

"我……"

"您是哪位？"

说话的人的声调比较高,听起来是个男孩儿。

"我叫江上缘。我负责策划后天的生日会,所以提前来看一下场地……"江上缘说完,犹豫了一下,然后问道,"请问……您是安永正敏吗？"

他的椅子在一个光线很暗的地方,所以,她只能看到他的腿和脚,他的上半身掩藏在阴影里。

男孩儿回答她之前,沉默了一会儿。

"是的。"他用沉稳的声音答道。

"您好！我正在根据自己的想法做一些规划。因为这是您的生日会……"江上缘说道,"您对生日会有什么要求吗？您也可以告诉我您不希望生日会有怎样的安排……"

"你是叫江上吧？"

"是的。"

"既然让你来策划,那么一切都拜托你了。我很期待！"

"不敢当！"江上缘说道,"我会尽自己最大努力做好的！"

"谢谢！"

男孩儿的语气听起来十分冷漠,跟刚才那个较高的声调相比,他现在的声音低沉了许多。

不过,他好像隐居在植物里边似的,江上缘完全看不到他的脸,这让江上缘觉得不太舒服。

"正敏少爷,我可以这样称呼您吗？"

"可以。"

"您在那里干什么呢？"

江上缘想要上前去看个究竟。

"别过来！"正敏突然尖声喊道。

"对不起！不好意思！"江上缘连忙向后退去,"我只是好奇,这么好的阳光,为什么……"

"抱歉,吓到你了！"正敏说道,"我怕阳光,所以在这种背阴的地方呼吸一下绿色植物带来的清新空气。"

"我明白了。"

"我刚才并不是生气,你别放在心上。"

"哪儿的话！"

"不好意思,因为身体的原因,我的肤色太白了。"

"没有那种事……您更喜欢晚上,是吗？"

"嗯,我是夜行动物。"

正敏笑了起来。

听到他的笑声,江上缘突然想,这是后天才过十三岁生日的少年的声音吗？

他那沉稳的说话方式,简直就像个大人。无论是措辞,还是客气的语调,他根本不像一个少年……

哎呀,不想那么多了! 就像她自己跟佐山清美说的那样,有钱人大都很奇怪。

"打扰了。"江上缘说道,"突然来到这里,我很抱歉!"

"没关系,我很期待后天晚上的生日会!"

"嗯,后天见!"江上缘说完,把记事本放进包里。

"那我先走了。"

江上缘离开阳光房,向起居室走去。

来到起居室后,不知为什么,江上缘总觉得那个少年的视线也跟了过来。

"您的工作结束了吗?"

信子突然出现在起居室门口,江上缘吓得差点儿叫出声来。

"怎么了,聪子?"

听到初子说话,聪子吓了一跳,从门边走开了。

"饮料送来了吗?"

"还没有,我就是偷偷看一下。"聪子故意在起居室里走来走去,"我好渴啊! 饮料快点儿来啊!"

她好像在唱歌似的。

"你在干什么呢?"初子看了看手表说道,"晚饭怎么办?"

"那个滨口会带咱们去哪里吃饭呢? 唉,又要长肉了!"

"今晚咱们怎么也得陪爸吃顿饭吧,特别是你!"

"为什么特别是我？"

"因为柳田教练盯上了那个 J 公司的广告。"

"教练？"

"他带着爸一起来，很可能就是因为这件事。你真厉害啊，只要跳进水里游几下，就能赚几千万日元！"

聪子在沙发上坐了下来。

"我不愿意做这些事！"

"为什么？又不是让你做什么坏事！"

"现在教练更重视小希！"

"可是，更有广告价值的是你啊！当然，也会有很多其他的机会来找你！"

"便利店怎么办？"

"可能会关门吧。爸现在根本没心思搞便利店。"初子摘下手表说道，"手表的表带下面全是汗，真讨厌！我去冲个澡吧，反正吃饭的时候要换衣服。"

"去吧！等饮料来了，我要把你那份也喝了！"

初子笑了笑，进了浴室。

聪子站了起来，确认了姐姐这会儿不会出来，就回到门边，从猫眼里看着外面。

一个女人从她们的门前经过……那个女人好像是她们的母亲！

聪子观察了一会儿走廊里的情况，不一会儿，餐车来了。杯子里的冰块相互碰撞,发出"哗啦哗啦"的声音,听起来很凉爽。

聪子和父亲他们会合后去了 N 报社,他们跟社长寒暄后应该会回到酒店。

"谢谢!"

聪子在送餐服务的单子上签了字,将其递给服务员。

服务员出去后,聪子拿起饮料杯。

冰镇的杯子特别凉,她有些拿不住了。

父亲、柳田和黑木希三个人也入住了这家酒店。

黑木希也住在这层,是离这里稍微有一段距离的双床房,父亲和柳田住在别的楼层,当然,他们每人各住一间。三个人的住宿费好像都是 J 公司支付的。

聪子想到了佐山清美,那个失去好友后被怒火点燃的女孩儿。

她虽然比自己小一些,心智却已经十分成熟,这件事让她深受触动。

聪子轻轻地喝了一口姜汁汽水,冰凉的感觉蔓延到了心里。

母亲……

她刚才看到的那个人应该就是母亲,她是不会看错的。

可是,她为什么要来这里呢?

父亲应该不知道她也来了吧? 如果他知道,肯定会告诉她们的。

而母亲呢? 她知道初子和聪子住在这里,怎么不给她们打个电话呢?

不过,聪子刚才从猫眼里看到,母亲虽然只是静悄悄地从门前经过,但她的表情和平时完全不一样。这件事让聪子感到震惊,因此,她什么也没跟姐姐说。

母亲的脸上流露出想不开的表情,她那种被逼得走投无路的眼神,聪子还是第一次见到……

到底发生了什么事?

聪子百思不解。

她的眼睛偶然看向装饰架上的镜子。

镜子里映照着聪子自己的身影——这个女孩儿和不久前的她判若两人。

聪子想起了姐姐说的广告的事。

她的生活、她的人生、她的未来……以后到底会变成什么样子?

一切改变都是从三年前获得金牌的那一天开始的。

如果没有获得金牌,聪子还会作为一名游泳运动员到处参加比赛,但可以肯定的是,她的生活与以前相比,不会有太多变化。

父亲、母亲、姐姐……他们都变得有些奇怪,聪子总觉得他们哪里不太对劲儿。

她甚至还看到过这样的情景:父亲说他在外面有了女人,母亲冲他大喊大叫。最近,母亲也变得有点儿反常。

这一切都是因为我!

"可是我并没有做错什么啊!"聪子喃喃自语道,"我只是拼命地游泳而已!"

她手中杯子里的冰块融化了,发出"啪啦"一声。

十六、背　叛

闪光灯亮起,摄像机的灯光也照射过来,黑木希被这些灯光照得皱起眉头。

聪子……是的,大家都是来拍聪子的。

黑木希瞥了一眼站在旁边的聪子,在闪光灯的映照之下,她仍然能够面带微笑,黑木希感到由衷地佩服。

这不仅仅是因为她早已习惯这种场合,更是因为她有一种"我很可爱"的自信。

黑木希想得没错,聪子确实很可爱,连黑木希都觉得聪子的笑脸十分迷人。

"请再看一下这边!"摄像师说道。

"小希,"聪子碰了一下黑木希的胳膊说道,"看右边。"

"好的。"

前辈说的话不能不听,黑木希一直是被这么教育的。

闪光灯闪了一会儿后,突然有人说:

"不好意思,请让泽井小姐一个人在这里拍照!"

黑木希走开了。聪子想要拉住她,可是黑木希不想再待下去了。

"辛苦了!"

柳田走过来迎接黑木希,她总算露出了笑容。

"教练……"

"喝点儿饮料吧! 不过,你可不能喝酒啊!"

"嗯。"

黑木希从桌上拿起一杯乌龙茶,一饮而尽。

N报社主办的宴会马上就要开始了,聪子和黑木希在会场的入口处被等候在此的媒体记者们捕获了。

"聪子好厉害啊!"黑木希看着聪子说道。

此刻,聪子还在被摄像机包围着,她的面前聚拢过来许多麦克风。

"再忍耐一下! 用不了多久,你就可以取代她!"

"我是真心佩服她! 聪子那么可爱,这些都是理所当然的!"

"是吗? 不过,你也很可爱!"

黑木希笑了一下。

"今晚,你能来找我吗?"

"你和初子她们在同一层楼住啊,咱们可得小心点儿。"

"来吧! 你一定要来啊!"

"好吧。"柳田笑着说道。

这时,J公司的滨口从客人之间挤了过来。

"柳田先生,泽井小姐的父亲呢?"

"她去洗手间了,现在应该快回来了。"

"N报社的社长会晚到十五分钟左右。他说让你们先到休息室等一下,我带你们过去,这边请!"

滨口匆忙地小跑过去。

"啊,眼睛都要闪花了!"

聪子终于解放了,她向黑木希走来。

"聪子,你的衣服好漂亮!"黑木希说道。

"谢谢!小希,你的身材真好,腿那么长,我真羡慕你啊!"聪子也拿起一杯乌龙茶说道,"咦?我姐呢?"

"不知道,不用管她!"柳田说道。

泽井和滨口走过来。

"来,这边请!"滨口催促道。

"我就不用去了吧?"黑木希问道。

"喂!"

"我觉得很累。我还不太适应。"

"是吗?那待会儿见!"

聪子和柳田跟着滨口走了之后,黑木希环视了一下偌大的宴会会场。

她虽然不是第一次出席这种场合,但是这里的宴会和老家的欢迎会不可同日而语。这里现在应该有几百人吧？

"你觉得怎么样？"

黑木希回过神儿来，看到初子就站在自己的旁边。

"啊……我觉得有点儿不适应。"

"脚不疼吗？"

"不疼，不过，我更想穿运动鞋。"黑木希笑着说道，"没办法！"

黑木希穿着昨天买的藏青色连衣裙，因为这是正装，穿在身上多少有点儿紧。她的鞋当然也是为搭配衣服而买的，她穿的鞋虽然不是高跟鞋，但是鞋跟还是有点儿高。

"初子姐，你喝的是酒吗？"黑木希看到初子手里拿着杯子，便问了一句。

"嗯，这是低度的兑水酒。我都二十岁啦！"初子环视了一下会场说道，"待会儿再聊！"说完，她便突然走开了。

黑木希一个人站在原地，忽然觉得背后有人，她回头看去。

"仓田先生！"

仓田静静地站着，注视着黑木希。

"晚上好！"仓田说道，"你真美！"

黑木希有些慌神儿。

"你是……在说我吗？你在说我这个又黑又壮的女孩儿吗？"黑木希笑着说道。

"我说的是真的，只是你自己没有发现而已。"

仓田看起来和昨天不太一样。

昨晚大家一起吃饭的时候,他对黑木希非常照顾,可是今晚的仓田,却散发着一种难以形容的气息。

"谢谢!"黑木希说道,"教练现在在休息室……"

"没关系,我就想待在你的身边!"

黑木希不知如何是好。

这时,N报社的社长来到会场,宴会开始了。

有人敲门,泽井伸代醒了。她刚才在床上躺了一会儿,便迷迷糊糊地睡着了。

"来了。"

她订了晚餐,让服务员送到房间来。

要是去酒店餐厅的话,她有可能碰到丈夫和女儿们。

伸代知道今晚有宴会,但她并不像丈夫那样习惯住在这样的酒店里。

"等一下!"

伸代小声嘟哝着去开门。因为起得有点儿急,她觉得有些头晕。

"辛苦了!"

柳田站在门外。

"哎呀!"

柳田得意地笑了一下说:

"我可以进去吗?"

"进来吧!"伸代让柳田走进房间,"我在等人来送餐。"

"哎呀,咱们有的是时间,长夜漫漫……"

"你喝醉了吧?你在宴会上喝酒了吧?"

"喝多少都无所谓,反正酒是免费的。"柳田说道,"让我在这里躺一会儿吧!"

伸代冷嘲热讽地说:

"那个小希把你累得精疲力竭了吧?毕竟你们在火车上也没闲着!"

"别说了,别说了!咱们都是成年人了,别像那些小孩儿一样,发这些没用的牢骚!"

"你来干什么?"

伸代在小沙发上坐下,柳田在床上躺下。

"你老公也知道你来了。"柳田看着天花板说道。

"他那种人,我才懒得理呢!"伸代耸耸肩说道。

"你想要什么?"

伸代出了一会儿神。

"我不知道……"她自言自语道,"我只是不能接受……只有我被抛弃!"

"被抛弃?你不是本来就在那个小镇生活嘛!"

"你还有资格说别人?"伸代埋怨道,"我老公也是,你也是,你们都一样!自从聪子得了金牌以后,一切都变了!现在在那个小镇里，我已经不能像以前那样踏踏实实地生活了！"

"你不要把责任推到别人身上！"

"这话你都能说出口！你现在可是过得最舒服的人！"

"确实！"柳田点点头说道，"在这一点上，我可得感谢聪子！"

"因此，你就顺便跟我好了，是吧？"伸代的声音有些颤抖，"或者说，你把我当成了聪子的替代品？那孩子没有遂你的意，你就退一步拿我充数，是吗？"

"别说了！"

"我不要这样！"

伸代站起来，跑到床前，猛地压在柳田身上。

"我唯一不想失去的就是你！求你了！你觉得你能跟那个小女孩儿好多久？再过两三年，她就会像聪子一样从你身边离开！等她上了大学，你就没辙了！"

伸代主动抱紧了柳田，暴风雨般地亲吻着他。

这时，突然有人敲门。

"您好，送餐服务！"

伸代如梦初醒，从柳田身上爬起来。

"快去啊！"

"嗯。"

伸代下了床。

她把餐车推进房间，在送餐单上签了字，并把送餐单递给了服务员。然后,她深深地叹了一口气。

"咱们的关系已经结束了吗?"

"我可没这么说!"柳田起身说道,"先把饭吃了吧!我有话跟你说!"

"你要说什么?"

"等会儿再说!我喝杯茶吧!"

柳田拉过来一把椅子,坐在桌前。

伸代看到柳田突然变得这么温柔,有些不知所措。

他似乎和往常不一样。这既给伸代带来了希望,同时也让她感到不安。

"你老公来找我谈了。"

"谈什么?钱还是女人?"

"他叫我帮他杀了你!"

伸代睁大眼睛看着柳田,不一会儿,她笑出了声。

"就凭他?他哪有这种胆量!"

"他是认真的!"

伸代的眼睛里流露出一丝害怕的神色。

"然后呢?你是怎么说的?"

"我说我考虑一下——我只能这么说。他好像迷上了邻镇的那个女人!"

伸代本来停下了筷子,现在又继续吃起东西来。

她一边小心地吃着,一边说:

168

"真是傻！两个都一样！"

"和你离婚倒也可以，但是这会涉及钱的问题！"

"钱？"

"聪子赚的钱……放弃这些钱的人是傻瓜，对吧？"

"因此，他才让你杀了我？"

"我是不会帮他的，"柳田摇了摇头说道，"我可不想把事情搞到那种地步！"

"让他自己动手的话，他肯定干不了这种事！"

"嗯！"

柳田看着伸代吃饭。过了一会儿，他说：

"你是怎么想的？和他离婚？"

"在那个小镇里打离婚官司？那大家可有好戏看了！"

"而且，离婚对聪子也不好，会影响她的形象，还会使她无法集中精神训练！"

"那我该怎么办呢？"

"哎，你跟我过怎么样？"

"跟你过？"

"嗯，但是我有个条件，你不能吃那些乱七八糟的醋。你也可以在东京生活。"

"那初子怎么办呢？"

"让她来东京上大学呗，她肯定乐意！"

"我倒是愿意……"

"我暂时还得管理那边的游泳俱乐部,不过,我有一半的时间可以在东京,我在这边再买一套公寓!"

"好啊!可是,我老公怎么办?"

柳田让伸代站起来,拉着她走到床边。

"没有他也行吧?"

"我老公?当然行啊!"

"他都想杀你了,你跟他在一起也没什么意义了!"

"我不跟他过了!和他在一起,不知道什么时候就被他杀了!"

伸代把柳田抱在怀里。

"比方说,你老公喝多了,从楼梯上摔了下来,这种事也不稀奇,是吧?"柳田低声说道。

"你是说真的吗?"

"你愿意干吗?"

"当然!我可不想等着被他杀死!"

"那咱们就这样说好了啊!"

柳田要解开伸代的衣服。

"等等,我去收拾一下。"

伸代下了床,把餐车推到门外。

然后,她关上门,挂上锁链,关了灯。

在床边的昏暗灯光里,伸代一边脱衣服,一边向床边走来。

"以后你再去找年轻女孩儿,我也闭着眼睛不管了!"伸代边说边上了床，"但我有一个条件——你不能抛弃我！"

"你真是我的好情人啊！"

柳田抱紧伸代，伸代在柳田的身下，发出满足的喘息声。

他背叛了我！

我……我该怎么办？

黑木希在门外呆立了许久。

她知道柳田和泽井伸代的事，不过，柳田说他们的关系已经结束了！

不，就算他们还没结束——事实上她也没有那么信任柳田，但是至少柳田在东京的时候，应该只属于她啊！

黑木希不知道泽井伸代是自己跟来的，她以为泽井伸代也是被柳田叫过来的。

这实在是……实在是太过分了！

门里传来伸代的喘息声，黑木希跑开了。

突然，她发现仓田站在走廊里。

"仓田先生……"

"你的脸色不太好啊，你没事吧？"

黑木希凝视了一会儿仓田。

至于仓田为什么会在这里，她连想都没想。

"带我走吧！"黑木希说道。

"去哪里？"

仓田搂住了黑木希的肩膀。

他的手如此用力，这显然是他对黑木希有着强烈的欲望。

黑木希的脸瞬间变得火热。

不管怎么样，都无所谓！

教练在和别的女人睡觉！我也要和别的男人睡觉，这有什么不可以！

黑木希还没有和其他男人发生过关系。这个叫仓田的男人，也是她昨天刚刚认识的！

但是，他是一个很帅的男人，比教练帅多了！帅气的外表，潇洒的举止，他哪里都比教练强！

"去哪里都行！"黑木希像电视剧里的女主角那样说道，"你想带我去哪里，我就去哪里！"

"当然可以！"仓田微笑着说道，"我会给你一个永生难忘的夜晚！"

然后，仓田便紧紧地抱着黑木希，向电梯走去。

电话响了。

聪子从枕头上抬起头。

"姐……电话！"

可是，初子没有去接电话。她可能是在宴会上喝醉了，现在睡得正香呢。

"小孩子就是吃亏啊！"

聪子一边发着牢骚，一边把手伸向电话。这时，她发现自己的睡衣卷了上来，露出了肚脐，她有点儿不好意思了。

"你好！"聪子接起电话，打了个哈欠，"喂？"

电话那边沉默了一会儿。

"喂？你是哪位？"

聪子看了一眼床头柜上的电子时钟，现在是凌晨三点多。

忽然，电话里传来一阵像是在极力忍住的抽泣声。

虽然声音很微弱，但她可以确定那就是抽泣声！

"喂？是谁？你是谁？"聪子提高声音问道。

"你是聪子吗？"

对方的声音非常小，好像在说悄悄话似的。

"小希？"

"是我！"

"你怎么了？宴会结束以后，我没看见你，我和我姐去找过你。你现在在哪里？"

"我在……外边。"

"外边？"

"我也不知道具体在哪里……"

"别怕，小希，你也不是小孩儿了，就算迷路了也不用哭啊，是吧？"

聪子作为她的前辈，还是很担心她的。

"你现在是在哪里给我打电话？"

"在外边的……公用电话。"

"你知道你现在的位置吗？你说一下大概的位置就行，我去找你！"

"不要！不要来找我！"

黑木希恐惧地叫起来。

肯定是出了什么大事了！聪子瞬间清醒了。

"发生什么事了？"

"我不知道！我不知道这是怎么回事……可是……可是，我不想让人看到我现在的样子！"

"别怕！小希，咱们是一起训练这么多年的好朋友，对吧？你把事情都告诉我，我会帮你的！好吗？"

"聪子……"

"光哭也没用啊！小希，你到底怎么了？"

"我和那个叫仓田的人……"

"仓田？是那个仓田先生吗？"

"我和他……发生亲密关系了。因为我听到教练……和你妈妈睡在一起……我很生气，就……"

"教练……柳田教练和我妈在一起？她是因为这件事才来东京的？可是，你和仓田在一起是什么时候的事？"

"今晚……"

今晚？可是，今晚仓田和姐姐、父亲他们在一起，待到很晚啊！

174

"小希,然后呢,发生了什么? 他对你做了很过分的事吗?"

对方沉默了一会儿。

"小希! 喂?"

"我……已经……已经不会再回去了!"

"你说什么?"

"不要找我! 求你了!"

"不要胡说!"

"谢谢你这些年对我的照顾! 我以前说过很多自大的话,对不起!"

"等等! 小希,等一下! 我该怎么跟你父母说啊?"

"就说我被人拐走了,或者被杀了,都行……"

"你在说什么啊! 你要坚强一点儿!"

聪子拿电话的手心渗出了汗。

同时,聪子产生一种奇妙的感觉——这个情景,好像在哪里经历过……

这件事有一种似曾相识的感觉……可是,她在哪里经历过这种事呢?

"聪子……我要走了。"

这时,聪子想起来了。与此相似的情景,她是从佐山清美那里听到的。

那个间宫四叶在临死之前,也给清美打过电话……

"小希,等一下!"聪子大声喊道。

十七、夜 会

　　烟花在夜空中绽放出七彩的光芒，"砰砰"的声音响彻云霄。

　　客人们在草坪上拍手叫好。

　　"还有烟花啊！真厉害啊！"柳田看着天空赞叹道。

　　"教练，"聪子说道，"小希联系你了吗？"

　　"没有，她没联系我。"柳田耸耸肩说道，"她没被坏人骗走就行！"

　　"咱们还是报警吧！"聪子说道。

　　"我知道，你不用担心！你好好和客人们聊天儿吧！"

　　这时，柳田好像看到了一个熟人。

　　"啊，社长，上次的事，多谢啦！"

　　柳田走过去寒暄的样子令聪子很反感。

　　"怎么了？"

　　初子走过来。

"没什么……爸呢？"

"在那边喝酒呢！"

父亲已经非常习惯在别人的招待下大吃大喝了！人一旦变成这样，就会无休止地堕落下去。

这样的人，聪子见过很多。

"姐，我……"聪子刚要往下说，仓田快步走了过来。

"啊，聪子！"

"您好……"

聪子点点头，跟他打了个招呼。

"我有件事要拜托你！"

"什么事？"

"夫人想当面跟你说，可以吗？"

"可是……"

"跟我来一下！"

仓田拉着聪子的胳膊，聪子只能跟着他走。

这是安永正敏的十三岁生日会。

生日会是晚上十点多开始的，现在已经十一点多了。

聪子在众多客人中穿梭，寻找着佐山清美的身影。

可能是因为安永家跟 Y 财团的关系，客人们大多是四五十岁的中年男人，他们看起来大都像是企业的管理层。

在这些中年男人里，点缀着一些可爱的妙龄女孩儿，她们穿着晚礼服，开心地享受着美食和美酒。可见男人不管到了多大年纪,都对少女没有抵抗力。

佐山清美应该就在这些女孩儿里。庭院里虽然有灯光,但是光线有些暗,聪子无法认出清美。

进了别墅之后,聪子跟着仓田穿过走廊,来到了一个宽敞的房间,这里的观叶植物枝繁叶茂,绿意盎然。

朦胧的"月光"洒落下来,这应该是被精心设计过的灯光效果。

"欢迎!"

安永辉子拖着长尾礼服的裙摆,从植物丛中走出来。

"晚上好! 祝正敏少爷生日快乐!"聪子说道。

"谢谢! 真的谢谢你!"辉子紧紧握着聪子的手说道,"多亏有你啊! 要不是你救了他……"

"您别客气!"聪子说道,"正敏少爷在哪里呢?"

生日会的主角还没有登场。

"他马上就来! 他也很想见你呢! 敬请期待哦!"辉子微笑着说道,"聪子,我有一件事想请你帮忙!"

"什么事呀?"

"今天是正敏的生日,我有个不情之请,你不要生气啊!"辉子说道,"你能不能在这里给大家展示一下你的泳姿呢?"

聪子惊讶得不知该说什么好。

"要是你不愿意,我也不会勉强你的!"

"世界冠军的泳姿,大家肯定都想看一看啊!"仓田说道。

"可是……我在哪里游呢？"

见聪子没有当场拒绝，辉子似乎松了一口气。

"请到这边来！这里可能和你的身份不太相称……不过，如果你觉得还算满意的话……"

聪子跟着他们来到走廊尽头，辉子打开了一扇大门。

"请进！"辉子说道。

聪子往里迈了一步，被眼前的景象惊呆了！

她的眼前是一个泳池！

这是一个被白色灯光照亮的专业泳池，虽然没有比赛用的泳池那么大，但其泳道也有二十五米以上，比那个酒店的泳池还要大。

蓄满水的泳池美得让人沉醉。

"哇……这是您家的泳池吗？"

"是的，我实在太想看你游泳了，就紧急改造了一个，总算赶上生日会了！"

可能因为泳池周围有很高的植物，所以之前聪子也没发现这里有一个大泳池。

"怎么样？你可以在客人们面前展示一下你的泳姿吗？"

聪子被这个泳池深深地吸引了，简直想立刻直接跳进去。

"可是我没带泳衣……"

"我已经准备好啦！"

辉子打开旁边浴室的门，里面挂着十件款式华美的泳衣。

"选一件你最喜欢的吧！"

聪子深呼吸了一下：

"好吧！"

"你答应在这里游泳了吗？谢谢你！"辉子高兴地拍着手说道。

"不过，我想和我姐一起游，可以吗？我一个人游展示不出速度来！"

"可以啊！我们马上去叫她来！"

"我去叫她！"

仓田快步回去了。

"聪子，"辉子说道，"正敏来了！"

聪子回头看去，一个穿着礼服的少年站在泳池边。

"正敏，过来！"

辉子向他招手。

"谢谢你来参加我的生日会！"

"别客气……生日快乐！"

聪子几乎愣住了。

这个少年的确是正敏，可是今天的他跟几天前那个孱弱的少年判若两人。

他不仅容貌更像成年男人，而且身体也结实了许多，他似乎很健壮。

他只有十三岁吗？可是他看起来至少有十六七岁啊！

"怎么样？他现在精神多了吧？"辉子得意地说道，"这才是真正的正敏！他前段时间只是身体状态不好！"

"啊……"

"怎么样？这样的正敏，以后可以成为你的新郎吗？"辉子笑着说道。

聪子不禁红了脸，低下了头。

不一会儿，仓田带着初子回来了。

"初子小姐很爽快地答应了。"

"太好了！你们赶紧换一下泳衣吧！我这就去叫客人们来泳池边观看！"

聪子选了一件有自己喜欢的花纹的泳衣，然后问初子：

"姐，你选哪一件？"

"我选……这件。"

她选了一件印有大大的花朵的泳衣。

"啊……你的审美变了啊！"聪子笑着说道。

说罢，她便走进了一间临时搭建的更衣室。

因为聪子长年在游泳俱乐部里游泳，所以她换衣服的速度很快。

聪子换好泳衣出来后，看到姐姐还没出来，觉得有点儿奇怪。

平时换衣服，都是姐姐比她快。

聪子等了一会儿后,初子终于出来了。

"你好慢呀!"聪子埋怨道。

"聪子……"

"怎么了?"

"我可要认真游了哦!我一定会赢你的!"

"姐……"

"你最近不是没参加训练吗?我不会输给你的!"

聪子第一次听到姐姐说这样的话。

"那我也认真游!"

"加油!"

"嗯!"

两个人在更衣室前面稍微做了一下热身运动。

她们来到泳池边,全场掌声雷动。

聪子吓了一跳,只见泳池周围站满了客人,来捧场的女孩儿们也来了。客人们有的坐在泳池边的混凝土台阶上,有的坐在外面的草坪上。

"各位来宾,"辉子轻轻地走上前说道,"今天,非常感谢各位光临小儿正敏的生日会!下面有请一位贵客——世界游泳冠军泽井聪子小姐,我们请她在这里展现她曼妙的泳姿!"

现场掌声如潮。客人们大概也喝了不少酒。

"和她一起展现泳姿的,是她的姐姐泽井初子小姐!"

两个人走了过去,一阵更热烈的掌声将她们包围。

"最近我的训练有些松懈。"聪子说道,"我们将在这里游两个来回,比谁游得快!"

姐妹俩对视了一下。

"来吧!"初子说道,"谁来发令呢?"

"我来!"一个穿着礼服的年长男人说道,"我摔盘子作为比赛开始的信号!"

"谢谢您!"聪子说道。

两个人先入水,熟悉了一下泳池的环境,然后又从水里出来,站在起点。

她们将脚蹬在泳池边,低下头。

"预备!"那个年长的男人大声喊道。

盘子摔碎的声音响起,姐妹俩轻盈地跳入水中。

聪子用了八成左右的力气划水。

因为只有两个人在游,水池中几乎没有波浪,非常容易游动。

聪子一边换气,一边观察姐姐的位置,她正和自己齐头并进。

我还会输给你吗?

聪子很快便游到了水池的另一边,开始折返,她加快了速度。

她觉得身体很沉……姐姐说得没错,她确实训练得不够。

但是,和姐姐相比,她的训练量可是相当大的。

即将到达起点位置时,聪子瞥了一眼姐姐,她非常惊讶,姐姐竟然在她前面一臂远的地方!

不会吧?

折返后领先的竟然是初子!

全场响起热烈的欢呼声和加油声!

聪子用尽全部力气,拼命加速,只剩下五十几米了,她应该能够率先到达终点吧。

马上就要游完了,折返之前,聪子看到姐姐还在和自己并排前进,心里很着急。

怎么会这样? 以前有可能发生这种情况,但是现在,两个人的游泳水平应该完全不一样啊!

可是,她现在亲眼看到初子正在逐渐超过她。

离终点已经越来越近了! 聪子用尽全力拼命向前游!

聪子的胳膊像螺旋桨一样飞速划水,双腿用力打水。

强劲有力的泳姿使聪子的身体迅速向前推进,她超过了初子,以领先初子半个身子的优势率先到达了终点。

太好啦!

可是,赢初子怎么会这么费力呢?

现场响起雷鸣般的掌声,人们纷纷靠近泳池。

"初子,你太厉害了!"辉子拍手称赞道。

"怎么样?"初子看着聪子说道。

"可累死我了!"

聪子十分疲劳，暂时不想从水里上来。

"正敏……"辉子说道。

聪子回头一看，正敏穿着泳裤站在泳池另一边。

那绝不是一个十三岁的少年，他的身体肌肉发达，就像一个运动员！

正敏跳入水中，溅起一阵水花，他强劲有力地朝聪子游了过来。

"聪子，你去迎接他吧！"

听辉子这么一说，聪子也游了起来。

就在泳池的中央，两个人相遇了。

"聪子！"

"你是谁？"聪子一边轻轻游着一边问道。

"我会让你幸福的！"

正敏伸出手来，牵住了聪子的手。聪子正在迟疑，手就被正敏拉了过去，两个人的身体在水中相碰。

聪子被正敏紧紧拥在怀里，正敏的脸也凑了过来……好大的臂力！聪子无法挣脱他！

"好！"

有人大声叫好，掌声四起。

"咱们也去游泳吧！"一个女孩儿说道。

"喂！"

一对穿着礼服的男女直接跳进泳池，大家一起大笑起来。

"我也去！"

有一个女孩儿突然脱下礼服，扔在一边，穿着内衣跳入水中。

"来吧，大家一起游！"

转眼之间，泳池周围热闹非凡。

礼服满天飞舞，最后，客人们大都欢呼着跳入泳池。

泳池中一片混乱。

"泽井先生，"柳田说道，"你不去游吗？"

"我？"

"现在你已经游不动了吧？你以前好像还挺能游的！"

"现在我也能游！"泽井扔了酒杯说道，"你看好了！"

他说完，便纵身跳入水中。

"泽井先生，不行啊！你喝醉了，这很危险的！"

柳田跪在泳池旁边，看着泽井的情况。

泽井突然浮上来，大叫道：

"救命……"

他拼命叫喊。

泽井睁大眼睛，十分痛苦地挣扎着……他就这样沉入水中，再也没有浮上来。

这也太简单了！柳田嗤笑了一下，这种死法真是太让我省心了！

泳池里的人们都在忙着脱礼服，水里一片狂欢的景象，谁也没有注意到泳池一角的事故。

"你别恨我啊!"柳田说着,想要站起来。

突然,他的脚踝被人抓住,他被拉进水里。

柳田在水里一边喝水,一边努力调整姿势。

然后,他看见了不可思议的景象。

泽井正在冲他冷笑! 这是在水里,而且,泽井的鼻子里和嘴巴里没有冒出一个水泡!

怎么会有这种事? 他是在做梦吗?

柳田感到呼吸困难,想要浮上去,泽井却游过来紧紧地抓住了他!

"放开我! 你在干什么?"

柳田听到了泽井的笑声。

泽井的手压在柳田的头上……

好难受! 放开我! 救命! 谁来救救我……

柳田的肺里,已经积满了泳池的水。

"这是怎么回事?"聪子在泳池中央说道。

喊叫声此起彼伏,转眼间,游泳的客人一个接一个地消失在水中。

"一定是出什么事了! "

"等等! "

正敏抓住了聪子的胳膊。

"你是……"

"你终于明白我为什么长大了吧？"正敏说道，"我需要养分，现在的我就是在吸收养分！"

聪子甩开了正敏的手，潜入水中。

正敏的笑声在她的耳边回响。

眼前的情景真是令人难以置信！好多条长蛇似的东西在水底到处爬，接连不断地卷住人们的脚踝。这是……藤蔓！无数条又粗又长、带着叶子的藤蔓在水底爬来爬去搜寻猎物！

藤蔓伸长，圈住女孩儿们的脖子，然后柔软地缠上去，女孩儿们痛苦地喘息着。

泳池各处，藤蔓已经捕获了很多女孩儿！

这到底是怎么回事？

这时，有人抓住了聪子的手，那不是别人，正是初子！

姐……

初子向一个女孩儿游过去，想要去帮她扯掉缠在她脖子上的藤蔓。

藤蔓很快就松开了，却又缠住了初子的身体。

"姐！"

"别过来！"初子使劲儿地摇头，让聪子不要过来！

聪子要是去救姐姐，她自己也会被缠上的。

泳池底部，新的藤蔓接连不断地爬过来，它们不光缠住女孩儿们，连男人们的脚踝也缠住了。藤蔓把他们拉到水底。

"救命！谁来救救我们？"

"想想办法!"

看到藤蔓紧紧缠住了姐姐的脖子,聪子不能袖手旁观!

她蹬着水,向初子游去。

突然,一个女孩儿好像是从泳池底下浮上来似的,她抱住初子的身体,把藤蔓扯了下来。

她是……那个穿学生制服的……

初子的身体轻飘飘地浮了上去。

"把它的根弄断!"间宫四叶说道。

根?

"藤蔓是从别墅里延伸过来的! 是别墅里的植物搞的鬼! 把那些植物弄死!"

别墅里的植物! 她说的就是那个阳光房里的植物吧!

聪子抱着精疲力竭的初子,拼命挣扎,终于将头露出了水面!

"姐,你喘口气啊!"

初子剧烈地咳嗽起来。

"聪子……"

"你还有力气游吗?"

"勉强可以……"

"咱们快出去吧!"

聪子拼尽全力往泳池边游去。

从水里出来后,聪子放下姐姐,往别墅那边跑去。

她看见有一个人倒在地上……那是仓田！

他头破血流，显然已经死了！

"他已经没用了。"

她的身后有人在说话。

正敏站在那里。可是，他的脸突然歪了一下，变成了仓田的脸。

"放过他们吧！"

他的脸又变回了正敏的脸，然后笑着说：

"现在还来得及……只要你以后愿意做我的新娘！"

聪子向后退去。

"怎么样？"

"别过来！"

"所有人都被当成养分吸收了、都变成人干儿了，对你来说，这也无所谓，是吗？"

聪子回过头去，只见辉子站在那里，她的脸上挂着和往常一样的微笑。

"你是注定要和正敏结合的！"辉子说道。

"来吧……"

正敏伸出手来。

聪子毛骨悚然，湿透的身体像冻僵了一样。

这时，辉子发出一阵怪异的叫声。

接着，她痛苦地扭动着身体，随即她的脸开始变化，变成了那个叫信子的女人,然后,她的整个身体都扭曲起来。

"怎么了?"正敏嚷道。

瞬间,这里烟雾弥漫,聪子赶紧向阳光房跑去。

阳光房火焰四起。

"快!"聪子叫道,"要不他们就都死了!"

江上缘和清美往阳光房的植物上浇了汽油,点了火。

植物的叶子转眼间就烧焦了,阳光房里充满了刺鼻的异味。

"泳池那边现在是什么情况?"清美问道。

"我去看看!"

聪子跑回泳池。正敏被烧得焦黑,全身破烂不堪,他摇摇晃晃地向泳池走去。

有些人从泳池里爬了出来,大口地喘着气。

正敏一进入水里,水里就泛起许多水泡。

"姐!"

聪子跑过去。

初子终于站了起来。

"这是……"

"烧着了!植物被点燃了!"

"大家都怎么样了?"

就在初子靠近泳池边的时候,从水中伸出一只焦黑的手,抓住了初子的脚踝。

"姐!"

聪子扑了过去,紧紧抓住姐姐的手。

被拽进水里的初子拼命向上爬。这是正敏的手,他想把初子拉进水里。

"姐,使劲儿!"

聪子竭尽全力将初子向上拉,初子终于挣脱了那只黑手。

把初子拉上来的瞬间,聪子也倒在了地上。

接着,她便失去了意识……

冷……她觉得自己好像冻僵了。聪子打了一个寒战,突然苏醒过来。

她坐了起来,原来,她刚才穿着泳衣晕倒了。

"聪子……"

清美走了过来。

"我刚才是怎么了?"

聪子看了看四周,惊得目瞪口呆。

天亮了,周围的一切清晰可见。可是,那座别墅呢?

那座别墅变成了一片废墟,那里一看就是废弃了几十年的地方。

"这就是那个别墅?"

"嗯,泳池也……"

那里根本没有什么泳池,只有一个水草丛生的大池塘,池水浑浊不堪。

池塘周围，许多男女倒在地上，他们大都衣不蔽体……

聪子发现姐姐不在旁边。

"我姐呢？"

她急忙四处张望，终于看到姐姐从远处走来。

"姐！"

聪子跑了过去，紧紧抱住姐姐。

"啊！你把我的衣服都弄湿啦！"

初子已经换上了平时穿的衣服。

"你竟然自己去换了衣服！你真狡猾！"聪子嘟着嘴说道。

初子笑着说：

"我倒是想给所有人都准备好衣服，可是有点儿困难啊！不过，也不能就这样……"

"我来想办法给女孩儿们准备衣服！"清美说道，"毕竟是我让她们遭遇这种事的！"

"那个人拿着衣服来了！"

初子挥了挥手，江上缘赶紧往这边走来。

"我弄来了满满一车衣服！"江上缘说道。

"多亏清美她们帮忙，大家才得了救！"聪子说道，"要是再晚一点儿……"

"是四叶告诉我的！"清美说道。

"我在泳池里也听到了！"

"还好来得及，幸亏江上小姐在这里！"

清美挽起江上缘的胳膊说：

"我当时想，既然他们不是人，就一把火把他们的家烧了吧！于是，我就让江上小姐帮忙拿来了汽油！"

"那个阳光房是生日会的主会场，我之前偷偷看到过，那里的植物丛中长满了藤蔓！"

江上缘说完，打了一个冷战：

"现在想想都觉得毛骨悚然！"

"现在大家都没事了吗？"聪子问道。

"不是……有些人可能已经沉入水底了。"初子说道。

"那……"

"爸和柳田教练还没有找到！"

听到初子的话，聪子不禁倒吸了一口气。

"不知道死了多少人……"初子表情沉重地说道。

这时，传来一个女孩儿清脆的叫声：

"初子姐！聪子！"

"小希！"

黑木希又变回了之前的样子，向这边跑来。聪子看到她后高兴得跳了起来。

聪子也向黑木希跑过去，两个人拥抱在一起。

"你还活着，真是太好了！"

黑木希一边抱着聪子一边哭。

初子说：

"快让她们换衣服吧！大家好不容易得救了，可别再感冒了！"

"咱们一起去拿衣服吧！"江上缘说道。

有些人似乎已经开始恢复意识，正在慢慢起身。

初子和江上缘催促着聪子，几个人一起快步向前走去。

尾　声

泳池的水面上泛着微波。

聪子把浴巾放在躺椅上,然后轻轻地向泳池走去。

现在正好是客人们办理退房和入住的时间段,酒店的泳池里没有其他客人。

聪子慢慢地来回游着。

今天上午是父亲和柳田教练的遗体告别仪式,今天晚上,聪子就要和母亲、姐姐一起回家了。

在这个短暂的空当儿里,聪子说"我去游一会儿泳",然后便来到了这里。

"你现在还有心情游泳啊!"

这让初子感到很惊讶,但是对聪子来说,这是一种对父亲和教练的悼念。

这到底是怎么回事?谁也不知道真相。

除了父亲和柳田,还有三个人的遗体被打捞了上来,他们年纪都很大了,死因是心脏病发作。幸运的是,所有年轻女孩儿都幸免于难。

游泳比赛的相关人员在野外聚会,由于过度狂欢,他们接二连三地跳入池塘游泳而引发了事故。

媒体是这么报道的。

受到舆论的压力,相关的管理人员免不了被迫辞职,而聪子一点儿也不同情他们。

聪子碰到了泳池的边缘,她抬起了头。

躺椅上正坐着间宫四叶。

聪子并没有惊讶,好像预感到她会来一样。

"你要回去了吗?"四叶问道。

"嗯,谢谢你!"

"不,要说'谢谢'的人是我!"四叶有些害羞地说道。

"四叶,你知道这一切是怎么回事吗?安永辉子和正敏是真实存在过的人吗?"

"是的,但是他们被杀死了,那些植物变成了他们的样子!"

"这么说,我救的是……"

"那个植物变成的正敏由于没有吸收养分,变得很虚弱,他想袭击一个女孩儿的时候,被那个女孩儿推到河里去了!"

"当时我不救他就好了!"

"你不知道真相,这不怪你。你也是出于好心才救他的!"

"嗯……正敏变成了仓田的样子,而你和谷田结香却成了牺牲品……是吧?"

"当正敏变强之后,就不再需要仓田了,所以,他就把仓田给杀了!"

有时,正敏变成"仓田",和真正的仓田同时行动,他们会同时出现在不同的地方,于是就发生了一些奇怪的事情。

"你要是也还活着就好了!"

听到聪子这么说,四叶凄凉地笑了一下。

"不过,我帮助了清美她们……我已经很满足了!"

"这一切好像是一个梦啊!"聪子感慨地说道,"我还以为这些奇幻的事,在现实生活中都不会发生……"

"这就是你的一场梦啊!"四叶笑着对她说道,"这一切都是你在高强度的训练压力和巨大的比赛压力之下形成的梦境啊!很多人都是你虚构出来的,包括我、清美、仓田、正敏和辉子……如果你醒来,你会看到自己依然在回家的火车上呢!"

"原来一切都是我的一场梦啊!"聪子不禁笑出声来。

"明年的奥运会加油哦!"四叶说道。

"谢谢!"在半梦半醒之间的聪子喃喃地说道,"不过,我的巅峰已经过去了……"

"人生的巅峰不是只有一个哦!就算以后不游泳了,你还有丰富的大学生活、甜蜜的爱情和幸福的婚姻,你的人生还有很多个巅峰呢!"

聪子郑重地点点头。

"是啊,你说得对!"

聪子这才发觉,自己活得似乎太匆忙了……聪子明明只有十八岁而已!

"现在我又可以快乐地游泳了!"聪子开心地说道,"谢谢你……"

可是,四叶已经不见了。

知道自己即将醒来的聪子又一次在梦中的水池里游起泳来。

水温柔地依偎着聪子。

梦中的那些怪异的植物到底是什么?

现在想来,现实中的柳田和父亲也像是在从自己这里吸收养分而生存的怪异植物呢!也许,那种贪婪的植物在人的心里也能肆意生长吧!

聪子不需要那种怪植物!她靠自己的力量游泳!她用尽全力去拼搏,去争取自己想要的东西,即使输了也无妨!

"聪子,上来吧!"初子在泳池边喊道。

"嗯!"聪子向姐姐游去。

"你感觉怎么样?"

"还不错!"聪子说道,"姐,你也再游一次吧!"

"我?好啊!"初子伸出手说道,"这次我可能会赢了你哦!"

聪子笑着,在梦中紧紧地握住了姐姐的手。